双葉文庫

夏休みの拡大図

小島達矢

目次

第一章　転校生と卒業アルバム　7
第二章　初恋相手とビデオテープ　51
第三章　南国と携帯ストラップ　101
第四章　空港とチンジャオロース　149
第五章　急行列車と第二ボタン　191
第六章　卒業式と引越しトラック　237

夏休みの拡大図

第一章　転校生と卒業アルバム

I

春風に舞う花びら。

仔猫の肉球。

胸にひそむ小さな恋心。

どれも絵の具で色をつけるなら、きっと絞り出した白に一滴だけ赤を垂らして、軽く水で溶かしたくらいがちょうどいい。たっぷりと色を含ませた絵筆をスケッチブックに落とし、あとは自由気ままに塗りたくる。森だろうと建物だろうと構わない。

でも、私は決めている。もっとも相応《ふさわ》しい場所を知っている。

桃色はちとせの色だ。

控えめな笑顔、たんぽぽの綿毛のような声、極端に小粒で丸い文字。穏やかで内気な性格は、ぼんやりと、だけどはっきりと、この暖かくて柔らかな色彩を感じさせる。

こんな印象を抱くのは、もしかしたらちとせが眼鏡をずり上げるせいかもしれない。ノートに細かく文字と図形を刻みながら、息継ぎも忘れ、夢中になってなにかを説明してくれるたび、淡い桃色をした眼鏡が、繰り返し持ち上がるのだから。

「ほらね。いま言ったとおりだと、お客さんはたった一本の通路を辿って目的地に着いたって思うでしょ。でもそれは錯覚なの、つまり騙されてるの。ねえ、百合香《ゆりか》ちゃんはどうしてだかわかる?」

「えーと……ちょっと待って」

私は地図の読めない女みたいに、ノートをハンドルのようにくるくると回しながら、内心、首を捻っていた。だって彼女の書いた複雑な図や注釈の意味を読み解くにはだいぶ時間がかかりそうだったし、そもそも読み解いたところで、いったいなにを問われているかを聞き逃していた。

そのことを正直に白状すると、ちとせは頰の内側に隠したひまわりの種が苦くて仕方ないリスのような顔をして、だけどすぐに最初から話してくれた。

「東京ウィズリーランドにあるデッキーの家の話だよ。そこではね、毎回、違う衣装を着たデッキーマウスと写真が撮れるの。『蒸気船ウィズリー』『ファンタシア』『デッキーの大演奏会』『デッキーの夢物語』。この四つの作品のうち、デッキーはランダムにどれかひとつの映画の衣装を着て現れるんだけど、法則性さえつかめば、実は好きな衣装のデッキーと写真が撮れちゃうんだよ」

　ほとんど拳に近い形で、ちとせが不器用に赤い蛍光ペンを握っている。ペン尻で図形をなぞるその仕種は、まるで幼稚園児が鉛筆を持って迷路に熱中している姿にそっくりだ。

「入り口も出口もひとつだけ。お客さんはデッキーの家に入ってから、ずっとまっすぐに進むの。途中、映画の予告編が流れるムービーバーンがあって、ここで数組ずつ次の部屋に案内されるんだ。案内された部屋にはフィルムの詰まった棚が八つ並べられているだけで、見たところ先へ続く扉はひとつしかない。その扉の向こう側に、親愛なるデッキーマウスが待ってるんだけど……はい、ここで問題。ではいま言ったルートを辿って、いったいどうすれば好きな衣装を着たデッキーに会えるでしょうか」

　話しているうちに彼女の不満はすっかり吹き飛んだようで、いつの間にか頰の膨らみは引っ込み、レンズの奥の目は嬉しそうに垂れていた。ちとせがこれほどお喋りになるのは、少女コミックの話か、もしくはウィズリーの話をしているときくらいなものだ。

　当然、東京ウィズリーランドなら私も何回か行ったことがある。どれに乗ったのかはいちいち覚えていないけど、ちとせの言うとおり、たしかにあのアトラクションは分岐点のない一本道のはずだ。それなのに、自分が思ったとおりの衣装を着たデッキーに会えるのだとしたら、これはもう、デッキーに早変わりを求める以外には考えられない。

でも、そうじゃないとすれば。

「わかった。たぶん時間ごとに着替える服が決まってるんでしょ。昼間は『蒸気船ウィズリー』、夜は『ファンタシア』って具合に。あ、でもいつだったかグループで行ったとき、後続の子たちは私が見たのと違う衣装を着てたって言ってたから、もしかしたらもっと細かい間隔で替えているのかもしれないね。とにかく、時間の法則さえ知っていれば、好きなコスチュームに身を包んだデッキーマウスに会うことができるってわけだ」

するとちとせは不正解と言う代わりに、わずかに顎を引いた。反動で、眼鏡も少しずり下がる。

「百合香ちゃん、もっと常識的に考えてみてよ。被り物をしたまま着替えるなんてすごく不便だと思わない？　それならすでに衣装を着け替えてある被り物を装着したほうが、断然効率がいいでしょ。だからって写真を撮る部屋の中にそんなもの用意しておくわけにもいかないし、短い時間で頻繁に取り替えるのも大変。どちらにしても現実的な方法じゃないよ」

もし熱心なウィズリーファンがこのやり取りを聞いたら、「まあ、なんて夢のないことを！」と驚いて顎を外してしまうかもしれない。だけど、ちとせに悪気はない。むしろ反対だ。彼女はモルト・ウィズリーの創作した世界に心酔するあまり、裏の事情までひっくるめてまるごと受け入れている、真のウィズリーファンなのだ。

「ヒントはこの部屋にあります」

ちとせがノートの真ん中を、今度は青い蛍光ペンで囲む。描かれた図面は見取り図らしく、それはデッキーと会う直前の、八つの棚が並んでいる部屋を示していた。

「このフィルムの棚はふたつずつがペアになっていて、部屋の四隅に分かれて配置されてるの。組み合わさった棚同士はぴたりとくっついていて、背面もきちんと壁に接してるんだけど、一ヶ所だけ、ふたつの棚の間に大きく隙間が空いてるところがあるの。しかもその隙間に、デッキーへと通じる扉があるんだよ。言っておくけどこれ、大ヒントだからね」

「ギブアップ！」

考える素振りも見せずに降参すると、ちとせは遊園地に行く約束を裏切られた子どものように、がっくりと肩を落とした。なんだかひどいことをしたような気持ちになる。でもいまはこんな話題で盛り上がっている場合じゃない。

「……わかんないなら正解を言っちゃうね。実はこの部屋にはね、デッキーが四人も常駐してるの」

「ウソっ！　デッキーって一人だけじゃないの？」

あまりにも予想の上を行く解答に、うっかり叫んでしまった。失敗だ。できるだけ早くこの話を終わらせたかったのに、ちとせは「やっぱり仕事はキャンセルして遊園地に行こうか」と誘われた子どもみたいに、たちまち目に輝きを取り戻している。

「ね、驚いたでしょ。実はデッキーって複数体用意されていてね、どの衣装を着たデッキーに会うのか、この部屋で振り分けられるんだよ。その方法はとても単純で、ただ棚のうしろに他の扉を隠してるだけなの。棚はひとつずつレールに沿って可動する仕組みで、扉はちょうど棚ふたつにつき一枚隠れるようになってるんだ。だからもともと四つある扉のうち、キャストが誘導したい部屋以外の扉を、ぜんぶ棚で塞いでしまえば」彼女はおもむろに、顔の前で、いないいないばあ、の逆再生をしてみせた。「ほら、お客さんから他の扉は見えなくなるんだよ」

そしてまた見取り図に戻る。私はせわしなく動くちとせの指先と蛍光ペンを追いかけた。

「でね、それぞれ行き着いた四種類の部屋は、最終的にたったひとつの出口に繋がってるの。こうすればお客さんは、最後まで道はひとつしかなかったんだって勘違いするでしょ。もちろんデッキーが複数いるなんて疑いを持つこともないし」

「なるほど、毎度のことながら恐れ入るよ。まさかデッキーが四人もいたなんて」本当はもう話を切り上げたいのに、まだ納得できないことがあった。「でもさ、運営側に誘導されちゃうんだったら、やっぱりお客さんは衣装を選べないじゃん。まさか『こっちの部屋にいるデッキーに会いたいので、棚を移動してください』とでも頼むわけ？」

「百合香ちゃん、そんなの非常識だよ」

真顔で否定された。眼鏡が細かく横に振れ、ほんのりと桃色が漂う。

「もっと自然な方法があるでしょ。ムービーバーンから棚の部屋に案内される直前に、さりげなく中を覗いておくんだよ。事前に出口から出てくる人を観察して、どの扉がどの衣装のデッキーに繋がっているのかを把握しておけば、ちらっと棚の配置を見ただけで入るべきかどうかわかるじゃない。もし目的の扉が塞がってたら、『パートナーがまだ来ていないので』なんて理由をつけて、うしろに並んでる人に先を譲ればいいんだよ。かえって感謝されるかもしれないし」

それはそれで十分非常識に思えたけど、私は口を噤《つぐ》んだ。だって好きなことを語っている人の邪魔はしたくなかったし、実践するかしないかは別として、腑に落ちる攻略法だったからだ。

ちとせは不思議な子だ。あと一ヶ月で社会人になる同年代の人を「子」と言い表すのは少々無理があるかもしれないけど、それでも不思議な子としか言いようがない。

普段はおっとりしていて、あまり目立たず、だれよりも淡い桃色が似合う女の子なのに、ときどき普通の人なら三角形にしか見えないものを、少ない手がかりであっさり「円錐だ」と言い当てたりする。デッキーの家が一本道ではなく、実際は四つの部屋に分かれているのだと、容易く見破ってしまう。

その感覚的に本質を見抜く力を、私は幼い頃から何度も目の当たりにしてきた。なのに、本人はまるっきり自覚していない。それどころか、優れた洞察力以外はてんで抜けているのだから、褒《ほ》めてばかりもいられないのだ。

「つい懐かしくなって開いちゃったけど、やっぱり誘惑に負けてたらぜんぜん進まないんだね」

ちとせは名残惜しそうに文字や図形で埋め尽くしたノートを閉じた。表紙には色褪せた花の写真と、消えかかった「じゆうちょう」のロゴ。下の欄には「1ねん4くみ　あらまき　ちとせ」と、他人が読み上げるには難儀するほどの小さな文字が連なっている。端がふやけてべろべろに捲《めく》れ上がったこの骨董品を見つけるなり、彼女は「うわー懐かしい」と興奮して飛びついたのだ。

いったいだれのために働いているというのだ。

「つい懐かしく、じゃない。もっと慌てなよ。これが九時間後に引越しをする人の部屋だと思う？　どう考えても、無謀でしょ」

そう、無謀なのだ。私ばかりが一生懸命になったところで、とても片付けられる量じゃない。なんて言ったって、この部屋の状況を端的に言い表すなら「非常に汚い部屋」だし、敢えて遠まわしに形容するなら、「巨人の子どもが癇癪《かんしゃく》を起こして暴れ回ったあとのような部屋」なのだから。

詳細はこう。まず好き勝手に転がる引越し用の段ボール箱が、八畳ほどの床にぶちまけられた大量の衣類を呑み込もうとするかのように覆いかぶさっていて、残った床の隙間には、カラーボックスに入りきらなかったと思しきコミックや中身の違うCDケースが無造作に散らばり、唯一、整頓されているようすが窺えるベッドの上には、すっかり色の薄くなったパジャマが三着と、長年寝起きを共にしたと思われるくすんだ色のぬいぐるみがずらりと整列し、いまだ現役の学習机の上にはノートや教材がうず高く積まれ、ご丁寧に小学校から続く歴代の教科書までが本棚に収まったままだった。

まったく困りものだ。まだまだ本をしまえる場所が十分に余っているというのに、好きなコミックのためだけに別のカラーボックスを使っているなんて。私なら教科書とコミックが一緒になったって構わないから、床に散らばっていた雑誌もぜんぶこの棚にまとめて、空いたスペースに衣類用の収納ボックスを用意する。この部屋は、本よりも散らばった洋服のほうが圧倒的に多いのだから。

かろうじて足の踏み場になるのは、くっきりとお尻の形にへこんだ、デッキー形のクッションの上くらいだ。

「無謀なんて言わないでよ。一人じゃどうしようもないから、百合香ちゃんを呼んだのに」

「だったら当日に呼ばないでよ。ちとせのことだから、きっと片付けてるうちに思い出の品なんか見つけちゃって、何度も作業を止めてたんでしょ。これは警告。もっとペース上げないと、朝が来るまでに引越しなんて絶対にできないからね」

「それはそうなんだけど」声が尻すぼみになったので顔を向けると、ちとせは両手で眼鏡を外し、ジャージの袖でレンズを拭いていた。「なんて言うか、やっぱり百合香ちゃんって変わったよね」

「え?」訊き返してから遅れて言葉の意味がついてきて、はっとした。

私、どこか、変わった?

「だって昔の百合香ちゃんなら、もっとガツンと、泣かす勢いで怒ったよ。『甘えるな!』って。私たちって、小学校も中学校ずっと一緒だったけど、高校の三年間は違ったでしょ。そこで変わったのかな。なんか角が取れてすごく丸くなったというか」

急に胸の奥がちくちく痛むような、ぴりぴり痺れるような感覚が湧き上がってきて、私はいつの間にか目を逸らしていた。

ちとせと離れた高校生活。私は意識的に自分を変えようとしていたし、そうしなくても勝手に変わっていくことに気付いていた。

きっと中学の卒業式の記憶は、私の心に小さな虫刺されのような痕を残しただけだと高を括っていたのだ。きちんと水で洗い流して、上から絆創膏まで貼り、痒みがあっても我慢する。おかげで笑ったり泣いたりするときに、どこかぼんやりしてしまうことが増えたけれど、三年もほったらかしにしたせいで、傷口は治るどころかじくじくと化膿《かのう》していたのだ。

ぜんぶ忘れたつもりだったのに。

「……忘れがちだけど、私たちって、着々と大人になってるんだよね」

ちとせの確かめるような呟きに、私は震えるような戸惑いを押し殺し、無理やり同調した。

「うん、そうだよ。大人になるってことは、怒りっぽい人が穏やかになったり、どうしようもない人見知りが立派なOLになったりすることなんだよ」壁に背中をくっつけて、こちこちと首を振っているデッキーの時計を見ながら、私は「とにかく」と急き立てる。

「あと九時間、しかもたった二人でこの絶望的な状況を打開しなきゃいけないんだからさ。

もっと死ぬ気で頑張らないと」

ちとせは照れくさそうに、小さく「ありがと」と笑った。私が桃色の眼鏡をかけたら、きっと目立ちたがり屋のお笑い芸人みたいだけど、ちとせがかけると、まるでデニーマウスのリボンのようにすっと馴染んでしまう。見慣れているせいじゃない。だれが見ても、微塵《みじん》も違和感を覚えないほど、自然に彼女の一部となっている。

「でも実はね、二人だと厳しいと思ったから、百合香ちゃんのほかにもう一人手伝いを頼んでるんだ」

「え、だれ。私の知ってる人?」

「うーん、覚えてるかなあ」ちとせは肩に流れたポニーテールの毛先に、すうっと白い指を通した。「一応、小学校から中学校まで一緒だった人なんだけど……」

はたしてそんな人がいただろうか。中学までの知り合いはほとんど共有しているはずなのに、ちっとも思い当たらない。

「ギブアップ」

二度目の降参をすると、ちとせは私の足元にある本の山を崩して、最下層部から小豆色のアルバムを引っ張り出した。

私が一度しか開いたことのない、中学の卒業アルバム。

ちとせはそれをぱらぱらと捲ったあと、三年A組のページを開いて差し出してきた。一瞬どきりとしたけれど、三年B組じゃないことに、人知れずほっとする。

「木嶋《きじま》くんって覚えてない？　たしか百合香ちゃんも、何度かクラスが一緒になってるはずだよ」

不意打ちだった。ちとせの知り合いといえば、無条件に女子だと思い込んでいた。

驚いたものの、言うまでもなく「木嶋はじめ」なら覚えていた。あれほど強烈で奇天烈なキャラクターは、おそらくもう十八年生きてみたところで、お目にかかれるもんじゃない。

「忘れるわけないよ、『奇人変人木嶋くん』でしょ。言われてみればあいつ、私たちと小、中って一緒だったかもしれない……でもさ、ちとせの引越しを手伝いに来るような仲じゃないよね。それもこんな日付が変わったばかりの深夜に」

ちとせは困ったように小首を傾げた。

「説明しづらくて。本人が言うにはちょっとした借りがあるとか……よくわかんないけど、木嶋くんは、うちのお母さんにこっぴどく叱られた経験があるらしくてね。それ以来、私の頼みごとは一切断らないいんだよ」

「ふーん、相変わらず変なやつ」私は受け取ったアルバムに目を落とした。

クラスの集合写真を取り囲むようにして、たくさんの顔写真が並んでいる。だれも彼もが、卒業後の人生は希望に満ちているのだと信じきっているような、飛び切りの笑顔ばかりだ。私も当時、こんな風にのほほんとした顔をしていたのだろうか。

いままで触れることすら躊躇《ためら》ってきた卒業アルバム。表紙の、織物のような手触りにさえ新鮮さを覚えるけれど、私は先頭の「新巻《あらまき》ちとせ」から知っている順番に名前を読み上げることで、溢れ出しそうな記憶の蛇口を、強引に締め上げた。

「木嶋はじめ……ああ、そうだ。こんな憎たらしい顔してた」

写真の枠からはみ出さんばかりに伸びた鳥の巣みたいな髪の毛と、たらこ唇。やることなすことが奇行だらけの異様な性格の印象が強く、どう考えても、この男を忘れるほうが難しい。

「すぐに連絡しなよ。『手伝いに来なくても大丈夫になりました』って。これくらい私たちだけで、十分に終わらせられるでしょ」

「だって百合香ちゃん、さっきまでは無謀だとか、絶対できないって言ってたのに」

「あんな変人に手伝ってもらうくらいなら、私が二人分働いたほうがマシだって」私は大げさに首を回してみせた。「それにさ、こんな深夜にこーんなに散らかった女の子の部屋に男を入れるなんて、ちとせは鈍感というか、無防備にもほどがあるよ。片付けるうちに見られたくないものだって、いっぱい出てくるかもしれないんだから」

「それはそうなんだけど」ちとせは教科書だらけの本棚を一瞥《いちべつ》したあと、ぼそりと言った。

「私は木嶋くんのこと、みんなが言ってたような変人じゃないと思ってるから」

たぶん。ちとせは消え入りそうな声でそう付け足した。

信じられなかった。ちとせは覚えてないのかもしれない。木嶋が転校してきて早々、私たちのクラスで事件を起こしたことを。いまになってみれば些細な事件だったと言えるけど、それでも、私が彼に不信感を抱くには十分すぎるほどの衝撃だった。

写真の中の木嶋はじめは、厚ぼったい下唇をぬるっと突き出していた。小学校のころからちっとも変わっていない嫌みな顔付き。思い返せば、私はちとせと仲良くなる以前に、まず木嶋と関わりを持っていたのだ。

見つめているうちに、川面《かわも》のようにゆらゆらと思考が波立つのがわかった。木嶋の顔が、突き出した唇をそのままに、徐々に輪郭を丸くしていく。縮れた髪の毛も、まるで火を点けた線香花火みたいにゆっくりと短くなり、服装も学ランから紺色のトレーナーへと変化する。

幼い頃の彼の姿が、無意識に重なり合った。

そっと目を瞑ると、まぶたの裏側に、断片的で不明瞭な情景が浮かび上がってくる。ところどころピースの抜けたジグソーパズルが、ぼんやりとした一枚の絵を組み上げていく。小学一年生。あれは冬休みが明けたばかりの教室に、季節はずれの雷鳴が轟いたようなものだった。

「ねえ、覚えてる？」私はちとせに訊ねた。

2

「覚えている人が大勢いると思いますが、前にも言ったとおり、今日からこのクラスに転校生がやってきます。いまから先生と一緒にこの教室に入ってきますから、みなさん拍手で迎えてあげましょう」

そう言って担任の先生が率先して手を叩きだした。私たちはわけもわからず、一心不乱に真似をした。

まだ勉強を習い始めて一年も経過していない子どもたちにとってみれば、こういうのはれっきとしたイベントだった。「どんな子だろう」と囁く声が飛び交ううちに、見えない熱気が教室を満たし、クラス中が揃って扉に目を向けていた。初めての転校生に、私の期待感もつられるようにして高まっていく。

独特の緊張状態の中、先生が手を引いて現れたのは、私たちの歓迎ムードをぶち壊そうとしか思っていないような、不機嫌な顔をした男の子だった。彼はランドセルの肩ベルトを握り、顎に小さな梅干を作りながら、仕方なくといったようすで先生の手招きに応えている。

「ようこそ、一年四組へ。じゃあここに立ってもらって、まずみんなに名前を教えてくれるかな」

彼は天然パーマの頭を掻きながら、渋々、口を開いた。小学一年生には似つかわしくない、まるで道路にこびりついたミミズでも剝がしているような顔をして。

「僕はだれの名前も知りたくないから、名乗るつもりなんてない」

反抗期という単語にすら馴染みのない年代にとって、木嶋の存在は異様に映った。おとなしい羊の群れの中に、一匹だけ交じってしまった狼みたいに居心地の悪そうな彼を、初めこそみんな気にかけていたものの、やがて三日と経たないうちに疎ましく思い始めた。

対照的に、私はクラスのみんなから頼られることが多かった。背が高かったせいもあって、男の子と取っ組み合いのけんかをしてもまだ勝てたし、口げんかでも泣かすことができた。決して争いごとを好んでいるわけじゃなく、どれも必要に迫られたときだけに限定していたけれど、感情に流されるまま、騒がしく毎日を過ごすことばかり考えている男の子たちと違って、私の思考はもっと大人びていたのだ。時と場所をわきまえて、「活発」から「冷静」という洋服に着替えることくらい余裕でできた。

そういう点において、転校生の木嶋には妙な親近感を抱いていた。彼の周囲を見る目はどことなく冷めていて、子どものくせに子どもを侮っているような雰囲気がにじみ出ている。きっと私と同じように老成した考え方を持っているのだろうと分析していたけど、すぐに大いなる勘違いだと思い知った。

木嶋は私の理解の範疇《はんちゅう》を超えたトラブルメーカーだったのだ。

「ある月のきれいなばんのこと、おかみさんは、糸車をまわして、糸をつむいでいました」

「はい次」

「ふと気がつくと、やぶ、やぶれた……やぶれ」

「やぶれしょうじのあなから」

「やぶれしょうじのあなから、二つのくりくりく……りくした目玉が、こちらをのぞいてやぶれ……やぶ」

「こちらをのぞいていました。木嶋くん、前の行に戻らないでね。ちゃんと読めるようにもっと練習しておくこと。はい次」

はじめて聞く木嶋の音読は、まるで暗い森を手探りでさまようように危なげだった。少し進んだら元の道へ引き返し、別の道を見つけたら太い木の根につま先を引っ掛けて転ぶ。

一番うしろの席から、斜め前に座っている木嶋をじっと観察していた私は、思わずくすくすと笑ってしまった。句読点ごとに区切って読むだけなのに、壊れたレコードのように途中で繰り返しつっかえるのだから、どんなに大人ぶっていても中身はまったく幼稚だった。きっと一年四組の中で一番音読が下手だぞ、と心の中で決め付けたとき、担任の「はい次」の声が大きくなった。

見れば木嶋の前に座る女の子が、教科書とノートを机に置いたまま、森に入らずして立ちすくんでいた。声をかけられても俯いたままで、一歩も踏み出そうとしない。どうしたんだろう、とクラスがざわつき始めたとき、急に木嶋が音を立てて椅子を引き、手を挙げて立ち上がった。

「どうしたの木嶋くん」

一斉に注がれている視線を気にするようすもなく、木嶋は手を下ろすと、たらこ唇をとがらせて歩きだした。迷いなく教卓の上に飾られていた花瓶を手にする。どんな色の花が挿さっていたのか、あるいは挿さっていなかったのか覚えていない。ただ曖昧《あいまい》な印象の中で唯一はっきりしているのは、木嶋が突然、前に座る女の子の頭に、思い切り水をぶっかけたということだ。

授業は中断した。

傍観していた私は、しばらくなにが起こったのかわからずに混乱していたけど、冷静になるのを待ったところで、結局なにもわからなかった。水をかけられた女の子の服はびしょびしょに濡れているし、床も水浸し。担任が慌てて雑巾《ぞうきん》で拭いている間も、女の子は声を掠れさせて泣き、木嶋は立ったまま、ずっと不満げに唇を突き出していた。

クラス中が困惑している中、木嶋は黒板の前に立たされて担任にひどく説教された。前の学校では道徳を教わってないのか、家ではこういうことをして叱られないのか。根掘り葉掘り訊かれた末に「あなたは悪い子だ」という烙印《らくいん》を押され、木嶋は不服そうだった。だけど、どうしてこんな理不尽な行動をしたのかということに関しては、授業が終わってもついに口を割らなかった。

私は木嶋のことをひそかに同類だと思っていたことが無性に恥ずかしくなり、苛立たしくなった。体育のあとの国語の授業だったため、着替えのせいでほとんど前の休み時間は取れなかったにもかかわらず、だれもが事件のあとの休み時間もどう過ごしたらいいものかと当惑して、席を離れたがらなかった。

私は「正義」という服に着替え、クラスみんなの気持ちを代弁するつもりで木嶋の机に歩み寄り、大声で怒鳴りつけた。

「ねえ、自分が何をしたかわかってんの?」

木嶋は顔色ひとつ変えずに、「うん」とも「ううん」とも取れるようなはっきりしない返事をした。落ち着きなく、ちりちりの髪の毛をこねくり回している。

「ふざけないでよ、あんた、ちゃんと謝って!」私は机を叩いた。まだ泣いている女の子をよそに、木嶋は関係ないと言わんばかりにそっぽを向いている。だけど責められていることに苛立ちを感じているのか、急に貧乏ゆすりを始めた。

イライラしているのはこっちのほうだというのに。

「あのさ、そうやってずっと黙っているつもり? いいかげんにしなよ。みんな驚いてるし、女の子を泣かせてるんだよ。男として恥ずかしいと思わないの?」

声を荒らげると、木嶋は面倒そうにこちらを見つめて、ようやく分厚い唇を動かした。

「別に。君に謝る必要はないから」

その瞬間、私は反射的に木嶋の頬をひっぱたいていた。木嶋は痛そうに頬を押さえて私を睨んだけど、「ごめんなさい」と謝ってきたのは、なぜか前に座る女の子だった。

3

「そんなことあったかな」

私は拍子抜けした。まるで「ほら、あの雲見える？」と指差した先を、「え、どこどこ」といつまでも探されているような気分だった。

一緒に見ている景色が、記憶している光景が共有できていない、もどかしい感覚。

「ウソ、本当に覚えてないんだ」

私が念を押して訊くと、ちとせは頬を掻きながら、「うん」と小さめに肯《うなず》いた。

たしかに小学生の頃の話ともなると、お互いに記憶していることがずれていてもおかしくないかもしれない。ちとせとはクラスこそおなじだったけど、このときは親しくなかったから余計だ。

でもそれにしたって、木嶋の奇行はこれだけに留まらないのだから、彼に悪い印象を持っていないなんてちょっと信じがたい話だ。

あるときは「動物たちがかわいそうだったから」という理由で、飼育小屋のウサギやニワトリを一匹残らず逃がしてしまったことがあったし、あるときは「お金を忘れてきたから」という無茶苦茶な理由で、無一文で食事をしたあげくに食い逃げをして捕まったこともあった。いったいどれほどの学級活動の時間が、彼への説教に費やされたことか。両手の指を使っても数え切れない。

そしてなにより、私は木嶋の給食の食べ方が許せなかった。

いただきます、の挨拶を済ませると、彼はどんな献立であろうと、お碗の中にすべてのおかずをぶち込んでしまう。味噌汁が出たときはご飯を入れて猫まんまにしてしまうし、ひどいときはコーンスープの中にちぎったコッペパンとソースのついたチキンカツを混ぜてちゃんぽんにしていた。気持ち悪いからやめなよと注意しても、彼は貧乏ゆすりをしながら、「うるさい」とぶっきらぼうに言うだけだ。

思い返せば、木嶋の奇人変人たるエピソードはいくらでも出てきそうだけど、とにかく、私は「花瓶の事件」以来、彼のことを快く思っていない。

「だってありえないじゃん。授業中、なにもしてない女の子に、突然水をぶっかけたんだよ。最低だと思わない?」

「そりゃあ意味もなく水をかけたのなら最低だけど」

「意味なんてあるわけないじゃん。最低なんだって」私はむきになって言った。「あいつってさ、国語の時間の音読がすごい下手くそだったでしょ。そのときも先生に軽く注意されたから、きっと腹が立ったんだよ。それで腹いせに女の子に水をかけたんだ。そうに決まってる」

「えー、そうかな」ちとせは眼鏡の蝶番《ちょうつがい》をつまんで、くいと持ち上げた。「じゃあ、もし腹いせだったとしたら、どうしてその女の子を選んだんだろうね」

「だれでもよかったんじゃない。強いて言うなら、花瓶を持ったときに近くにいたからだよ」なんとなく思ったことを口にすると、「それはないよ」と即座に否定された。

「だって百合香ちゃんは一番うしろの席に座ってたんだよね」

ちとせは床に膝をついて、さっき使っていた「じゆうちょう」と蛍光ペンを拾った。思い浮かんだ曲を急いで五線譜に書き留める作曲家みたいに、ひたすらにペンを走らせている。その間に何度も、桃色の眼鏡をずり上げていた。

「木嶋くんの座席はどこだか覚えてる?」

ちとせが顔を上げたので、私もしゃがんでノートを覗き込んだ。上方に黒板と教卓、それから机が5×8の形で並び、ふたつずつくっついている。これは教室の見取り図だ。

「たぶんここだと思う」私は記憶している自分の席の、斜め左を指差した。「それで、水をかけられた女の子がそのひとつ前だから……あ」

「ね、気付いたでしょ。前から四列目の木嶋くんが、教室の一番前にある教卓から花瓶を取ったんだから、そこから近いのは一列目の人だよ。だれでもよかったなら、わざわざ三列目まで行く必要なんてないよね」

たしかにちとせの言うとおりだ。言うとおりだけど、それがどうしたと言うのだ。

「ということはさ、あいつ、この女の子を狙ってやったんだよね。ますます最低じゃん」

私が鬼の首を取ったように主張すると、ちとせは「たしかに狙ったことには違いないだろうけど」とまごついた。

「……それより百合香ちゃん、さっきから女の子女の子って言ってるけど、それがだれか覚えてないの?」

「全然」あまりにも木嶋の印象が強く残っているせいで、被害者である女の子の印象が霞んでしまったのかもしれない。なにせ小学一年生のときのことだ。

そう答えると、ちとせは「それならよかった」と肯いた。

「え、なんでよかったの?」

「だって名前を覚えてたら、その女の子の名誉に関わるかもしれないから」

「名誉って、どういう意味かわからないんだけど」

ちとせは「それは……」と落ち着かないようすで眼鏡に手を添えた。ちとせの色が感じられると同時に、私はなんとなく、彼女の推測がすでに真相に辿りついているという予感がした。

「もしかしてわかったの？　あいつが水をかけた理由」

ためしに訊くと、本当は持っているはずの自信を隠すようにして、彼女は控えめに答えた。

「うん、一応」

4

「ひとつ言わせてもらうけどさ、もし水をかけた理由がわかったとしても、木嶋はじめが最低の変人であることは揺るがないからね」

私が釘を刺したのに、ちとせは構わずに話を進めた。

「百合香ちゃん。もう一度、どういう状況だったか思い出してみて。私に話してくれたとおりに」

レンズの奥に彼女の真剣さが窺えたので、私は額に拳をあてがいながら、記憶の道筋を辿りなおした。

国語の授業中、木嶋は先生に叱られたことに腹を立て、女の子に音読の順番が回ったときに、立ち上がって花瓶を取りに行った。そして水をかけた。簡潔に物事を整理すれば、自ずとこういうストーリーができあがる。

「わかった。木嶋にしてみれば、一生懸命読んだのに失敗して怒られて、女の子は一行も読んでないのに怒られなかったんだよ。だから腹を立てて、水をかけたんだ。ほら、これならきれいに説明がつくじゃない」

「つかないよ」ちとせは遠慮なく首を振った。「だってもし自分が腹を立てたら、そんなことすると思う？　仮にも授業中だよ。堂々と怒りをぶつけたら、先生に叱られることは目に見えてるのに。私ならこっそりうしろから小突いたり、あとで手紙に文句でも書いて送りつけるよ。いくら小学一年生でも、さすがに先生の目の前で悪いことをする勇気はないと思うけど」

「いやいや、だって現にしたんだよ、あいつは目の前で！」

そう訴えると、ちとせは聞き分けの悪い子どもを宥《なだ》めるように、まあまあと言った。

「じゃあ見方を変えてみてよ。木嶋くんは本当に怒ってたのかな？」

いまさらなにを言っているのだ。喫茶店で喧嘩をして彼氏に水をかける女性がいるくらいだから、木嶋が怒りに任せて水をかけたのは明らかだ。もしこれが単なる気まぐれだとしたら、それこそ奇人変人極まりない。

「たしかに木嶋くんは周りから怒ってると思われやすい顔立ちをしてるけど、でも本当に怒ってるときだと、必ずやる癖があるんだよね」

「癖……」考える間もなく、木嶋の特徴的な仕種が思い起こされる。「あ、貧乏ゆすり」

「そう、それだよ」ちとせは人差し指を立てた。話に夢中になっているせいか、指先に、青い蛍光インクがついていることに気付いていないようだ。「さっきの話だと、百合香ちゃんが怒鳴りに行ったときに、急に貧乏ゆすりを始めたんだよね。ということは、それまでは怒ってなかったということでしょ」

指摘されて、いまさら気付いた。そういえば給食の食べ方を注意したときも、彼は貧乏ゆすりをしていた。鬱陶しいと思われていたのなら、私のほうが腹立たしい。

「もう意味わかんない。怒ってないなら、そもそも水なんてかけないじゃん。おかしいよ」

そろそろ降参しようかという頃合いで、ちとせは新たにヒントを加えた。

「きっと別の理由があったんだよ。たとえば、木嶋くんが相手のためを思って水をかけたのだとしたら、どう?」

「ありえないね。だって授業中に水をかけられて嬉しい人間なんている？　相当な暑がりだったら話は違うかもしれないけど、事件が起きたのは真夏じゃなくて冬休み明けの一月だよ。寒いじゃん」

「それなら立場を変えてみようよ。反対に、水をかけられた女の子は怒ってた？」

「それは当然」怒ってたに決まっているでしょ、と答えようとしたところで思い出した。

私は彼女の泣き姿しか見ていない。

あのあとも、木嶋が女の子に対して謝罪することは一度としてなかったし、女の子が木嶋に仕返しをするようなこともなかった。むしろ加害者も被害者も、あの日の件は禁句だと示し合わせているような節さえあった。

どうしてだろう。二人して黙っているなんて、ちょっと不自然ではないか。すべてこれで済まされてしまうのだとすれば、世の中に警察や裁判所なんてものは必要ないことになる。

「……怒るどころか謝ってたよ。女の子のほうが『ごめんなさい』って。たぶん、クラスのみんなに迷惑をかけちゃったと思ったのかな。本来なら木嶋が謝るべきなのにさ、変だよね」

「変じゃないよ」間髪《かんはつ》を容《い》れず、ちとせが言う。「まさしく木嶋くんは感謝されるべきで、女の子が謝るのが正しいんだよ」

「女の子が？」まるで知恵の輪が手の中で絡まって、どんどんと複雑化していくようだった。いったいなにをどうしたら、こんな憎たらしい仕打ちをされた上に謝らなければならないのだろう。

「たとえば、百合香ちゃんが人に謝るときってどういうとき？」

「そりゃ、人に悪いことをしたときに決まってるでしょ。でもさ、女の子はちっとも悪いことなんてしてないんだよ」

「実はしちゃったんだよ、間接的に。木嶋くんは女の子を助けたから、先生に彼女の分も代わりに叱られてしまったの。だから女の子は彼に対して『ごめんなさい』と謝ったんだよ」

「ちょっと待って！」

このままでは話がどんどんつかめなくなってしまう。

「さっぱりわからないけど……ということは、つまり木嶋は女の子のために水をかけてあげたし、かけられた女の子も感謝していたってことだよね。しかも、木嶋に対して」私は冬の教室で水をかけられるところを想像した。

冷たい。寒い。いいことない。

「そんなことって、ありえる？」

「……うん」今度は返答に時間がかかった。「あの、ここからはとても言いづらいんだけど」前置きをし、ちとせはゆっくりと眼鏡の蝶番をつまんで言った。まるで耳たぶの柔らかさでも確かめるみたいな口調で。

「百合香ちゃん、休み時間ってなにをする時間かな」

「なにをするって……ぼーっと休憩したり、友達とお喋りしたり、校庭に遊びに出たり、あとはトイレに行ったり。人それぞれだよね」

「じゃあそれを踏まえて考えてみて。その日、着替えに時間のかかる体育のあとに国語があったの。ということは、もしかしたらその女の子、トイレに行けなかったんじゃないかな」

「もちろんその可能性はあるよね……あれっ、ってことは、もしかして……」

絡まっていた知恵の輪が突然ほどけて、私は声を失った。

天地がひっくり返るような急激な状況の変化に、眩暈《めまい》すら覚える。過去から延々と流れてきた川が、ここにきて逆流を始め、私は溺れそうになった。

ちとせは私の考えていることを察したのか、静かに肯く。

「……たぶん、そういうことだと思う。木嶋くんは真うしろの席にいたから、女の子の異変に真っ先に気付いたんだよ。それを隠してあげようとして、教卓から花瓶を持ってきて、わざと水をかけたんじゃないかな。『木は森に隠せ』って言うでしょ。服ごと濡らしてしまえば、きっとごまかせると思って」

ちとせの導いた結論が、間違っていた例なんてこれまでない。三角形を検証すれば、それは必ず円錐だった。だから説得力があるし、きっと正しい。

自責の念が、足の裏からふつふつと立ち昇ってくる。

そうなるとあの日、私はとんでもない勘違いをしたことになる。彼に対して、男として恥ずかしくないのかと怒鳴り、反省の色が見えないからとひっぱたいたことがすべて。私は悪者を退治する正義の味方にでもなったつもりでいたけど、それは間違いだった。悪者は私のほうだったのだ。

木嶋は先生や私に文句を言われても一切応えず、秘密を隠しとおした。真実を言わないことで、女の子をひとり守っていた。他人のために自分が悪者になるなんて、普通ならとても真似できるものじゃない。

膝の上に載せたままの卒業アルバムに、改めて目を落としてみる。

鳥の巣ヘアーとたらこ唇。どんな角度から見ても不機嫌そうな顔だけど、人は見た目じゃわからない。こんな当たり前のことを知るのに、私はどうして十一年以上もかかってしまったのだろう。

「ちとせ、私ひどいことした」

胸の奥で堪えても、後悔の波がしぶとく押し寄せてくる。この場にちとせがいなかったら、私は泣いていたかもしれない。それは反省という意味合いよりも、この事件がきっかけで「奇人変人木嶋くん」というレッテルを貼られ、煙たがられてしまった彼の小学生時代を思うと、悲しくなったのだ。

ちとせはひどくうろたえていた。私がいままで彼女に弱気な態度なんて見せたことなどなかったのだから、無理もない。「怖いもの知らず」と「根拠のない自信」だけが取り柄だったのに、いまの私はあまりにも貧弱すぎる。大丈夫だよ、木嶋くんはそういうこと気にする人じゃないから、というちとせのフォローにさえ、自分の情けなさを痛感してしまう。

「だから木嶋くんの前でも、百合香ちゃんは普段どおりでいいから」

その言葉で、私は一気に現実に引き戻された。

そうだった、これからこの部屋に木嶋が来るのだ。

私はデッキーの壁時計に目をやった。短針が、まもなくローマ数字の「I」を指そうとしている。

「ウソ、もう一時だ！　木嶋は何時に来るって言ってたの？」

「えーと、そろそろだと思うけど……」

まずい。いくら相手が木嶋とはいえ、こんなくたくたのTシャツ一枚で顔を合わせる度胸はない。これでも乙女だ。

「ちとせ、なんでもいいからジャージ貸して。いま着てる学校用のでもいいから」

言いながら立ち上がると、途端につま先に痛みが走り、私は飛び上がった。膝の上に広げたままだった卒業アルバムが、勢いよく滑り落ちて足の指を直撃したのだ。小豆色の表紙に「ふざけるな」と罵倒したい気持ちを抑えて、けんけんしながらアルバムを拾い上げる。

「だ、大丈夫?」

ちとせの心配する声が聞こえたけど、私はちっとも大丈夫じゃなかった。

三年B組。

落ちた拍子にページが変わっているとも知らず、私は必死に避けてきた過去に、心の準備もなしに向かい合っていた。「宮崎《みやざき》百合香」という自分の名前を見つけるより先に、飛び込んできた彼の姿に、足がすくみそうになる。

「柳井《やない》拾希《ひろき》……」

小さく声にした瞬間、封印していた感情が爆発した。赤と青の絵の具がパレットの上にぶちまけられ、乾いた絵筆でぐちゃぐちゃに、乱暴に、かき混ぜられる。

一面に広がった、未練と嫉妬の色。

渦巻く恋の色。

そしてこれが私の色。

5

中学の卒業式の日、私は意中の相手に告白もできずに失恋した。

私は恋に臆病な体質じゃない。ちとせと違って男の子と話すことに抵抗はないし、人並みに交際だってしてきた。でも、このときばかりは、私はウブな女の子のように、彼に話しかけられるだけでどぎまぎしていた。怖いもの知らずの私が話しかけることすらできなかった。それくらい、心底、彼にのめり込んでいたのだと思う。

勇気を振り絞って告白しようと待ち構えていたとき、校門の前に姿を現した彼のそばには、一人の先客がいた。歩きながら少し話をして、彼女はすぐにその場を立ち去ったのだけど、そのとき彼の胸元から第二ボタンが消えていた。これだけなら先を越されたのだと諦め、眠るときに失恋に効く音楽でも流しながら、ふがいない結果に好きなだけ涙すれば済むはずだった。

　でもそうならずに私の感情が濁ってしまったのは、このとき第二ボタンを奪っていったのが、目の前にいる親友の、新巻ちとせだったからだ。

「ねえ、大丈夫？」気付けば、ちとせが私の顔を覗き込んでいる。私はアルバムから目を離して、足の指を揉んだ。

「うー痛い、けど、大丈夫。小学生のときなんて、足に文鎮落としたのに、怪我すらしなかったんだから」

「あ、覚えてる。だって保健の先生が驚いてたもんね」

安心したようすで垂れ目を見せる彼女に、私も笑顔を見せた。

ちとせは親友だけど、親友であるがゆえに、いままで一度も恋愛の話などしてこなかった。距離が近すぎて、きっとタイミングを逃してしまったのだ。

　私の知るかぎり、ちとせはだれかと付き合ったことなどなかった。修学旅行の夜に、「実は好きな人がいるんだ」という話の輪に参加したことさえない。

だけど好きな少女マンガは悉《ことごと》く恋愛ものだった。『姫ちゃんのリボン』『こどものおもちゃ』『水色時代』『微熱少女』。これらは全巻揃っているし、ちょっと古いけど、『東京ラブストーリー』だってある。中でも一番のお気に入りが『キラキラ100%』だということは、もう耳にタコができるほど聞かされた。

「私、このマンガのとおりだと思うんだ。女子の仲良しグループって、四つのタイプに分かれてるんだよ。キラキラグループ、ギャルグループ、まじめグループ、地味グループ。私ってどこからどう見ても冴えない地味グループでしょ。だから百合香ちゃんが仲良くしてくれることが、すごく嬉しいんだ。ほら、百合香ちゃんはキラキラグループだから」

実際に私も読んでみて、主人公の淡すぎる恋模様ににやにやしながら共感し、「私ならだれくん派」と一緒になって盛り上がった。

でもそれはすべてマンガの中だけで完結する話だ。現実のこととは切り離していたし、だからいまさら過去のことを掘り返して、あれこれ訊けるはずもない。

ちとせが本当に柳井拾希の第二ボタンを手に入れたのか。

中学卒業後、彼とは深い仲になったのか。

知りたいけれど、でも知りたくなくて、ごまかしてごまかして、我慢してきた。それからは、いまいる自分がただの抜け殻のように思えて、本当の自分はあのとき校門の前に置き去りにしたような気がしていた。高校生活を迎えてからも、勉強にも私生活にも身が入らず、まるで長年共に過ごした愛犬を失ったような、途方もない空虚感にさいなまれた。

私の不完全燃焼の恋患いは、たぶん永遠に完治しない。

「はい、これ」

どこからか発掘された、薄い黄緑色の中学のジャージが手渡される。きつめの袖に腕を通しながら、ふいに思った。

ひょっとしたら、この部屋に、あるんじゃないだろうか。

ちとせがなにひとつ捨てられない性格なのは、疑う余地もない。学校の教科書はひとつの抜けもなく残されているし、私がとっくに手放している中学のジャージさえも、こうしてきちんと取っておいてある。だからこそ、タイムカプセルのごとく、あらゆる思い出が堆積しているこの混沌の中に、埋もれている気がした。

新巻ちとせと柳井拾希を関連付ける、なにか証拠が。

私の知らない高校時代の品々は、いったいどのあたりにしまってあるのだろう。と、早速持ち場を離れて探そうとしている自分に気付き、呆れた。

ありえない。親友の引越しの手伝いに来ているのに、そんなやましい行為をするなんて言語道断。不謹慎だ。

気持ちを切り替え、私は時計と室内の惨状を見比べつつ、計画的に片付けるための手順を考えた。

やっぱり大きくてかさばるものから手をつけるのが無難だろう。不必要なものは容赦なくゴミ袋に突っ込み、懐かしさなど感じる暇も与えず捨ててしまえばいい。なにせ時間がないのだ。引越し後のこの部屋は、普段夫婦でひとつの部屋を使っているちとせの母親に明け渡すつもりらしく、ベッドや箪笥《たんす》などの家具類もまとめて運ぶという話だ。のんびりしてはいられない。

「じゃあちとせは、洋服メインで。私はコミックが終わったら、本棚をやるよ」

「あっ、本棚周辺はあとで私がやるから。百合香ちゃんは先に小物類を」

「いいの？　だってこれも解体して持っていくんでしょ。面倒なものから片付けたほうが、すっきりするじゃん。終わりが目に見えるほうが、精神的にも楽だし」

「うん。でもとりあえず、まだ大丈夫だから」

それならいいけどと答えつつ、なんとなくモヤモヤした思いでいっぱいになる。人は疑いだしたらダメだ。さっきから柳井の顔が脳裏にちらつくし、ちとせがわざと私を本棚から遠ざけようとしているように思えてしまう。なにかを隠しているんじゃないかと、根拠のない疑念に駆られてしまう。

「よし、声出してこう」わざと運動部特有の決まり文句を口にし、邪心を追い払う。私は未だに木の幹にしがみつく空っぽの蟬の抜け殻だけど、私より先にこの町から出ていくちとせの門出は、ちゃんとお祝いしてあげたい。

ぐんとアクセルを踏み込むように、私はコミックを詰めるスピードを、大幅に上げた。

「ほら、ちとせも手を動かして。急がないと、あいつが来ちゃうよ」

「あいつってだれ？」

女の子二人だけの空間に、その声はあまりにも異質に響いた。

振り返ると、木嶋が立っていた。さっきまで硬い枕で眠りに就いていたかのような顔をして、好き放題に癖のついた髪の毛に、指を絡めている。

「木嶋くん、久しぶりだね」

ちとせが声をかけると、木嶋は表情そのままに、無言で肯いた。唇を突き出しながら部屋の中へと足を踏み入れ、しばらくしてから背負っていたリュックサックを下ろす。勧められたデニーマウスのクッションに腰を下ろし、鼻からふーんと長い息を吐いた。

驚いた。転校してきた当初と、体の大きさ以外なにも変わってない。むしろ記憶しているイメージに寸分の狂いもない。

「扉に何も書いてないのに、よく私の部屋がわかったね。着いたときに連絡してくれれば、お店まで下りたのに」

ちとせの気遣いに対し、そこまでしてもらわなくてもという具合に、木嶋が大きく手を振る。

「廊下まで、二人の声が聞こえてたから」

「ああそっか」ちとせは両腕と両膝についた埃《ほこり》をぱっぱと払うと、「とにかく手伝いに来てくれてありがとうね。じゃあ百合香ちゃん、私、ちょっと下でお茶淹《い》れてくる」と告げた。

私は「うん、わかった」と応えるつもりで腕を振り上げた。けれど、ちとせがすでに部屋を出ていったあとだったので、行き場を失った腕を間抜けに下ろす。

挨拶する間もなく、私はいきなり木嶋と二人きりになってしまった。こんな場所に木嶋がいるなんて、まるでドレスコードのあるレストランで普段着の人を見つけてしまったような違和感がある。初対面でもないのだから、話しかけることくらい簡単なはずなのに、さっき聞かされた「花瓶の事件」の真相が頭から離れず、第一声として相応しい言葉が見つからない。

昔のように気さくに話すべきか、もっと大人らしく振る舞うべきか。

木嶋は落ち着きなく、どこかとまれる花はないかと探している蝶のように、部屋の中をあてもなくぐるぐると見回していた。その姿が、私とどう接したらいいのかを思案しているように思えて、私はたまらず「あのさ」と口を開いた。

次の瞬間、木嶋と目が合った。

偶然にも同じタイミングで話しかけようとしていたようで、分厚い唇がわずかに開き、隙間から白い歯が覗く。

「ここ、すごい。ゴミ屋敷だ」

それだけ言うと、木嶋はふたたび首をぐるぐると回し始めた。

私も笑いながら、「だよね」と同意した。

第二章　初恋相手とビデオテープ

1

ガラスの向こう側に小さな箱が見えた。

それはバレンタイン用のチョコレートを収めるのにぴったりな、あるいは恋人に捧げる指輪を入れるのに最適な、そういう類の秘密めいた容れ物に思えた。

ところが凝視してみると、蓋の端っこが爪でひっかいたみたいに捲れ上がっていて、単に色紙を貼り合わせただけの工作物だとわかる。小学校の作品展示会でもあるまいし、これから社会人になる女子がインテリアとして飾るには相応しくないように思うけど、ここは夢の国に想いを馳せるちとせの部屋だ。それほどおかしくはない。

「はーい、お待たせ」

ちとせの声がして、小箱は運ばれてきたお盆の下にすっぽりと隠れた。代わりにジャスミン茶の上品な花の香りが、温かい湯気と共に私の鼻をめがけてのぼってくる。

「気になってたんだけどさ、それなに?」

私はここぞとばかりに口を開いた。木嶋と二人きりにされてからというもの、唾を飲み込む音にさえ気を遣っていたので、喉の奥が凝り固まりそうだったのだ。

「いい香りでしょ。これは茉莉仙桃《まりせんとう》っていってね」

「ごめん、お茶の話じゃなくてさ、その下。テーブルの話だよ」

私が指差すと、お盆が横にずらされた。白いローテーブルの真ん中にはガラス板が嵌まっていて、奥に水色の小箱やその他ガラクタらしきものが見える。

「あ、いけない忘れてた」

ちとせはガラス板を外すと中に手を入れ、私に一本の鉛筆を渡してきた。「一本の」とはいっても、私の小指よりもやや短い。ときどき、ちびた鉛筆を握りやすいようにと上からキャップを被せて使っている人がいるけど、まさにそれだった。銀色のキャップから丸くなった鉛筆の先だけが顔を出し、元がどんな絵柄の鉛筆だったのか、さっぱりわからない。

「なにこれ？」

私が首をひねると、ちとせは「ごめんね、返すのが遅くなっちゃって」と手のひらを合わせた。

「それでね、こっちが木嶋くんの。お母さんが渡しておきなさいって」

今度は駄菓子しか買えないほどのわずかな小銭が、木嶋に手渡された。

十円玉が三枚。

当の木嶋は、まるで知らない大人に「おかえりなさい」と声をかけられた子どものような、戸惑いの表情を浮かべている。私もきっと、おんなじ顔のはずだ。

「あのさ、くどいようだけど、これはなんなの？」

するとようやく質問の意図を理解してくれたらしく、ちとせはガラス板を戻しながら答えた。

「それは小学生のときに、百合香ちゃんから借りたんだよ。このテーブルには人から借りたり、預かったりしたものを入れてるの。どれも人に返さなくちゃいけないから、なるべく目立つところにしまっておこうと思ってたんだけど、テーブルの上にいつも物を積んじゃって、ついつい忘れちゃうんだよね。気が付いたら、こんなに遅くなっちゃった」

はにかみながら眼鏡をずり上げる仕種に、私はほのかに桃色を感じた。少々鈍くさいエピソードが、実にちとせらしい。

とはいえ、この短すぎる鉛筆には見覚えがないし、木嶋の小銭も、人が貸し借りする金額としてはいかにも不自然だ。本人が知らないというのに、ちとせの母親が「渡しておきなさい」と指示したのも引っかかる。

木嶋はちとせの母親と個人的に接点があるのだろうか。

それとも親同士、仲がいいのだろうか。

どちらにせよ三十円の貸し借りというのは現実的じゃない。もしかするとちとせは、二つとも返すべき相手を間違えているのかもしれない。

でも、長らく延滞していたビデオがやっと返却できた、という風に満足げなちとせを前にして、「これ私のじゃないよ」とは言いにくい。木嶋はしばらく小銭を眺めたあと、何も言わずにそれをポケットに突っ込んだので、私も黙ってバッグにしまった。

透明な急須の中では、まさに花が開くところだった。糸に巻かれたまん丸のつぼみが、ぷくぷくと呼吸でもするみたいに泡を吹き出しながら、お湯にほぐれてゆっくりと花弁を広げていく。

「……ウニ」

木嶋がぼそっと呟いたせいで、私にも茶葉が海底に沈むウニのように見えてきた。せっかく本格的な中国茶を楽しむ雰囲気だったのに台無しじゃないか、と少しムッとしたけど、ちとせが気にすることなく淹れ立てのお茶をマグカップに注ぐものだから、なにも言う気になれなかった。

一口飲むと、たちまち口の中に優しい香りが広がった。吐きだす息にさえ花が咲きそうで、うっかり一番風呂に浸かるおじさんのような声が洩れる。さすが新巻家のお茶は絶品だ。

「花茶はね、淹れた直後はほとんど透明なのに、だんだん茶色く染まっていくんだよ。それって不思議だと思わない？」

ちとせは湯気でレンズを曇らせたまま、急に謎めいたことを口走った。

「えーと、それは色がつくことに対して？」

「というか、茶色くなることが。だってみんながお茶って呼ぶのは、たいてい緑茶のことでしょ。コンビニでも、ラベルにお茶って堂々と表記してあるのは緑茶だけだし。だったら茶色って、普通緑色のことだと勘違いしないのかなって」

考えたこともない話だ。しかし言われてみればたしかにそうだ。「茶」は本来「緑」のはずだ。

「思わない」

驚いたことに、ずばり否定したのは木嶋だった。床に置かれたマグカップはすでに空っぽで、たらこ唇がしっとりと濡れている。

「だって学校で、茶色は茶色って、ちゃんと習うから」

そんな至極当たり前な回答に、ちとせは「それもそうだね」と恥ずかしそうに笑った。

「私は小さいとき、お茶の色は茶色だって答えたらみんなにびっくりされてね、それからしばらく茶色のことを緑色と間違えて覚えてたんだ」

色を間違えるなんてありえない話に聞こえるが、ちとせの家は一階で中華料理屋を営んでいる。もしかしたらそのせいで日常的に中国茶しか目にせず、こんな風変わりな疑問を抱いたのかもしれない。

木嶋は肘を高く上げて、最後の一滴まですするようにマグカップを傾けると、「だけど」と言った。「だけど、自分が茶色だと信じている色が、他人の信じている茶色と同じとはかぎらない」

ちとせは「そのとおりだね」と即座に感心したけど、私は共感するタイミングを逃して一人おろおろしていた。というより、よくわからなかった。木嶋の言葉は、なにか哲学的な意味合いを含んでいるようでありながら、実はなんの意味も持たない記号のようでもあった。

デッキーの首振り時計が、こちこちと時刻を進めている。私は焦って残りを飲み干し、舌をやけどした。

「話の腰を折るようで悪いんだけどさ、まだ少しも引越しの準備が進んでないよね。こんなにゆっくりしてて大丈夫なの?」

「あ」ちとせは口を丸く開いた。まるで学校に着いてから宿題を忘れたことに気付いたような、焦りの表情だった。

「だめだめ。人数が増えたから、私なんだか気を抜いちゃってたみたい」

ちとせが慌てて三人分のマグカップを片付け始めると、木嶋も立ち上がって、ぽんぽんと膝を叩いた。ぼそぼそと口も動いていた。ごちそうさま、と言ったのだろうか。

私は立ち上がったついでに、入念に肩を回しておくことにした。戦場のように荒れ果てた部屋をきれいな更地に戻すには、明日の筋肉痛は避けられそうにない。

テーブルからお盆がなくなると、ガラス板にちとせの忙しげなうしろ姿が映り込んだ。ポニーテールが左右に揺れ、さっと扉の陰に消えていく。

それを眺めていたら、暖炉《だんろ》に手をかざしたみたいに手のひらがじんわりと汗ばんできた。「さみしさ」と「焦り」というふたつの感情が、まるで「水と油」のように、互いにせめぎ合いながら、ぐるぐると渦を巻いている。

わかっている。朝が来てしまったら、ちとせがこの町を離れてしまうことなんて。もう前から決まっていたことだ。

でも、もう頻繁に会えないことを悲しむ一方で、私の心臓は機関銃みたいに暴れていた。水色の小箱の中身が第二ボタンという可能性だって十分ありえるのに、ちとせがいなくなったら、それを知る機会は失われてしまう。

ちらりと横を見ると、木嶋がリュックサックから軍手を取り出していた。準備のよさに感心しつつも、「この場にいるのが私だけだったらな」と残念に思う。そうすればだれの目も気にせず、自由に部屋の中を探ることができたというのに。

でも冷静に考えたら、もらった第二ボタンを持ち主に返そうとして取っておくなんてありえないし、そもそもこんなやましい考えを抱いてしまった自分が一番ありえない。

私、やっぱり変だ。

2

「よし、じゃあ片付ける場所を分担しよう」

腕まくりをして気合いを入れ直すつもりが、ちとせから借りたジャージは袖がきつくて肘まで上がらず、いまいち格好がつかない。

「まあとにかく、私はさっきの続きでコミックをやるから、ちとせは衣類を。で、助っ人の木嶋は……そうだな、どうしよっか？」

木嶋はくしゃくしゃと鳥の巣みたいな頭をこね回していた。

せっかく男手が増えたのだから大きな物から取りかかってほしいけど、本棚はあとでいいと言われたばかりだ。だからといってテレビやコンポは段ボールの裏側に隠れているので作業がしづらい。

なんて考えていたら、急にちとせがぽんと手を叩いた。

「そうだ。木嶋くんは、あっちの机をお願いできるかな?」

ちとせが頼んだのは、窓際に置かれた、子ども用の学習机だった。

そういえば、私も似たような机をランドセルと一緒に買ってもらったことがある。でも高校に入る直前で、近所の子どもに譲ってしまった。学習机は大きくなった私の体とは釣り合わなかったし、なにより、幼い頃から親しんだものを使い続けるのはなんとなく格好悪い気がした。

ちとせはこの部屋の持ち物をそっくりそのまま新居に移すつもりらしいが、社会人間近のちとせが学習机に向かって勉強しているところを想像しても、なぜかちっとも違和感を覚えない。外見的な要素もそうだろうけど、きっと心が純粋なままだからだ。

私とちとせはどうしたって違う人間なのだ。

「中身をぜんぶ段ボールに詰めて、机はなるべく解体できるところは解体してくれると助かるかな」

ちとせの要望に、木嶋は了承するように顎を引くと、背を向けて、衣類の大海原へと足を踏み出した。

「だあ！　ちょっと待って」

何事かと思えば、呼び止めたのは私だった。

自分でも困惑しながら、必死に都合のいい言葉を探す。

「あ、あのさ、やっぱり机は私がやるよ。だって必要なものとそうでないものを選り分ける作業を、さっき来たばかりの木嶋にやらせるのは酷でしょ。コミックなら悩むこともなく、手当たり次第に段ボールにしまえばいいんだし、ちとせはなんにも捨てられなさそうだから。うん、やっぱり私が適任だよね」

どうしてこんなことを言い出したのか、私は続けざまに喋ったあとに納得した。何気なく目をやった引き出しの最上段に、怪しげな鍵穴が見えたからだ。

本当のことを打ち明ければ、私はいま、あの中になにが入っているのか気になっていた。他人の過去をやたらに詮索したがるのは不謹慎だと自分を戒めたばかりだけど、それが人の目を盗むのではなく、引越し作業中に偶然目に入ってしまうのであれば、責められる必要はないと正当化した。

でもそれは、どんなに言い訳しても、新巻ちとせと柳井拾希を結びつける証拠探しの口実だと思う。褒められたことじゃないと理解はしているつもりなのに、私の鼓動は、ばか正直に速まっていた。

「それなら助言どおり、机は百合香ちゃんに任せようかな。木嶋くんはコミックをお願い。床に積んであるのと、カラーボックスに入ってるのもぜんぶだからよろしくね」

ちとせに指示され、木嶋は従順なペットのように回れ右をする。「私の頼みごとは一切断らないんだよね」というちとせの話は、どうやら本当らしい。

すれ違いざま、ふいに男の子の匂いがして、私はまた「水と油」という言葉を思い浮かべた。決して交わることのないふたつの液体。まるで接点のない私と木嶋がこうして同じ空間にいることが、一瞬にしてとてつもなく奇妙なことに思えた。

ちとせの学習机は、言うまでもなくひどいありさまだった。大半が小中学生向けの通信教材の山で、それらが奇跡的にバランスを保っているジェンガみたいに折り重なっていた。一番上から適当に一冊抜き取って捲ってみると、どのページもきちんと解答欄が埋まっている。郵送すれば添削される付属のペーパーテストも、ちとせは律儀に提出していたようだ。そういえば二人で「てんさく先生」のバイトをしたときも、ちとせは月によって提出率が違うことを不思議がっていた。夏休みになれば怠けてしまう子が増えるのは当然なのに、私と違って根が真面目なんだな、と改めて思う。不気味なくらい頭が切れて、勉強も一生懸命取り組んでいるのに、テストの平均がたった六十点しかないというのは不思議なものだ。饒舌《じょうぜつ》な文章を書くのに口下手だったり、演奏は得意なのに歌は音痴だったりする人はよくいる。ちとせの場合、謎解きと勉強が、そんな関係性なのだろうか。

振り返ると、二人は会話もせずに黙々と作業をしていた。

ちとせは床に散らばる衣類を膝の上で畳みながら、かたつむりみたいに少しずつ進んでいて、木嶋はピラミッドの石を積むような正確な手つきで、すでに詰め終えた段ボールを淡々と重ねている。

私も見習わなきゃ。

鍵の件は折を見て訊ねることにして、とりあえず二段目の引き出しから手をかける。が、出端をくじかれた。奥でなにかが引っかかっている。数センチ開いた状態からびくともしない。

手近なところにものさしがあったので、隙間にねじ込み、虫をほじくりだそうとするアイアイみたいに辛抱強くぐりぐりとやってみた。そのうちあっけなく引き出しが動くものだから、私は尻餅なんて可愛らしいものでは済まず、転がってべこっと腰でティッシュ箱を潰してしまった。恥ずかしさのあまり声も出ない。

引っかかりの原因は、V字に折れ曲がった薄い冊子だった。『七夕伝説』と書かれている。これは地元にあるプラネタリウムのパンフレットだ。

　すると芋づる式に、ちとせの知力を使った武勇伝が思い起こされた。私はそれをひけらかしたい衝動と恥を紛らわせたい気持ちが両方働いて、木嶋にこんな話を持ちかけていた。

「どうせだから、クイズでもしながら作業しない？　あんたとはあんまり喋ってないんだし、交流も兼ねてさ、どう？」

　すると木嶋は手を止めて、まるで寝起きに宅配便の相手でもするみたいな気だるい顔で私を見た。

「私は参加できないの？」

　横からちとせが不服を訴える。その反動で、膝上にあるワンピースやカーディガンが崩れた。あたふたとする姿に、ごめんと思う。

「だってこれ、中学のときにちとせが実際に解決した話だもん。本人が答えたんじゃつまらないよ」

　私は自ら「手を休めない」の見本を示すべく、ノートの山を選別しながら言った。

　ちとせはしきりに残念がっていたけど、木嶋はそもそも私に話しかけられてなどいないかのように、平然と作業に戻っている。癪《しゃく》だったので、強引に話し始めた。

「じゃあ問題ね。一度しか言わないから、よく聞いてよ」

私は「一度」の部分にアクセントを置いた。長い話を組み立てるだけでも難しいのだから、一度で聞き取ってもらわなくては困る。

「あなたは地元の科学館にあるプラネタリウムがリニューアルすることを聞きつけて、初日に友達を連れて行ってみることにしました。プラネタリウムは、天井に張られたドーム状のスクリーンに、十五分ほどの映像と音声が流れる一般的なものです。今回から上映作品は『七夕伝説』という新しいものに替わり、期間限定で三ヶ月ほど上映されます。中は映画館と同じタイプの座席が円形に並べられていて、お客さんは各々座って鑑賞します。あなたがチケットを買って席につくと、まもなく上映が始まりました。天井のスクリーンにはアニメ化した織姫と彦星が現れて、そこに女性のナレーションが加わります。ふと隣を見ると、一人で観に来ていたおじさんが、上映中にもかかわらず目を閉じて座っていました。しかもおじさんは、なんと上映が終わるまで目を開けなかったのです。スクリーンを一切観ていなかったというのに、彼は嬉々としたようすで館内を出て行きました。さて、どうして喜んでいたのでしょうか」

言い終えてからしばらく反応を待ってみた。木嶋は意図的に無視を決め込んでいるのか、それとも本当に気付かないだけなのか、詰め終えた段ボールのふたを閉じることに専念している。

すっかり忘れていた。これが木嶋の性格なのだ。

点火したはずの花火がなかなか反応せず、「あれ、湿気てるのかな」と先端を覗き込んだ拍子に、ぷしゅーと火花を噴き出す。そんな状況とまるっきりおなじだ。

私があまりのじれったさに声を荒らげようとした瞬間、木嶋は会話が滞っていたことなど気にも留めず、昔と同じ調子で返事をしてきた。

「これ、心理テスト？」

3

「違うよ。だから、中学生のときに実際にあった話だってば」

私は結局、苛立って声を荒らげていた。いままで木嶋にしてきてしまった仕打ちを反省し、大人らしく彼と接することを心がけていたのに、会話のキャッチボールがうまくいかないとイライラしてたまらない。

「百合香ちゃん。それだと、まだ情報が足りないと思うよ。たとえば、おじさんがどこから来たのかを付け足しておかないと、誤答が生まれちゃうかも」

「あ、そうだった」

遊びのつもりで出した問題なのに、しっかりちとせにダメ出しされてしまった。なんだか気持ちよく歌っていた鼻歌に対して「音程が違う」と指摘されたような気分だ。けれど、補足が必要なのはたしかだ。

「じゃあ木嶋に大ヒント。おじさんはさ、かなり遠方から来てたんだよ。車のナンバーをたしかめたら、そこからプラネタリウムまでは渋滞がなくても優に二時間はかかる場所なんだ。そんな離れたところにわざわざ一人でやって来たんだよ。もちろん、上映時間はたったの十五分しかないわけだから、休憩場所を求めて入ったわけでもないよね」

これほどの大ヒントを与えたのに、木嶋は動物園のイグアナみたいに無反応だった。黒いマジックペンを持って、段ボールに『天使なんかじゃない』や『ご近所物語』などと、彼の外見には似つかわしくない少女マンガのタイトルを角ばった字で書き込んでいる。

私はこのとき、「デッキーの家」の問題を私がギブアップしたせいで、ちとせがしゅんとした理由に思い至った。

頑張って用意した問題は、できれば頑張って解いてほしいのだ。

だいたい私も、木嶋に求めているものがよくわからない。でも、これはたぶん、ちとせの学習机を漁るという罪悪感から目を背けたいだけなのかもしれない。口も開かずに、もっぱら親友の秘密を探すという行為に打ち込めるほど、私は肝が据わっていない。

「どう木嶋くん、わかった？」

ちとせが訊くと、私の呼びかけには応じないくせに、木嶋は振り返って首を横に振った。

「ちとせの頼みごとは一切断らない」とは、「ちとせ以外の頼みごとには応じない」ということなのだろうか。

「いま考えてる」

それだけ言うと、木嶋は次のコミックを段ボールに詰め始めた。彼の周りだけ、着々と物が減りつつある。私も負けてはいられないと、教材とノートの類はなにも考えず、視界に入ったら捨てることに決める。

私は挑戦的に言った。

「ねえ木嶋。わからないならさ、別に無理しなくてもいいからね。発想っていうのはだいたい瞬発力だから。時間をかけたからって答えが導けるものじゃないし、その場にいた私だってわからなかったんだから気にすることないよ」

当初は交流が目的と言ったのに、私はだんだんと嫌みな態度になっている。できることなら木嶋と穏やかに作業をしたいのに、心の奥底では彼を邪魔者と認識しているのかもしれない。でも私だけでなく、木嶋の態度だって悪いのだからおあいこだ。

「言っておくけど、おじさんは常連だったから目を閉じていても内容がわかった、なんていう答えは論外だからね。この作品は公開初日で、まだだれも観たことがないんだよ」

私が補足を終えても、木嶋は手を休めることなく、表情を変えることさえなかった。この問題の面白いところは、おじさんは内容そのものには興味がなかった、ということにあるのだけど、木嶋がそのことに気付いているかどうかは怪しいところだ。

そろそろギブアップをするかと訊ねるときになって、木嶋が出し抜けに私と目を合わせてきた。離れがちな両目が、本物の爬虫類を思わせる。

「それ見せて」

愛想なく、軍手をしたままの手が差し出された。私は渋々『七夕伝説』のパンフレットを手渡す。

それを受け取ると、木嶋の顔付きが変わった。たらこみたいに分厚い唇が、嬉しそうに伸びたり縮んだりする。

「赤堀《あかほり》ゆう子」

悔しいことに、簡単に正解されてしまった。「なんでわかったの？」つい口調が尖る。

つまりおじさんは目を閉じて眠っていたわけではなく、聞こえてくる声に集中していたのだ。彼にとってみれば、プラネタリウムの内容自体はどうでもよかったのだけど、それでも足を運ばなければならない理由があった。

あとで受付の人に聞いたところ、ナレーションを務めた人は、「赤堀ゆう子」という知る人ぞ知る声優らしかった。地方のプラネタリウムにもかかわらず、その配役のおかげでファンからの問い合わせもあったようで、上映初日からその声を聴くためだけに、新幹線や飛行機を利用して来る人もいたのだという。

「ねえ、なんでわかったの？」

二度目でやっと木嶋が答えた。

「だって僕、この人のラジオ聴いてるから」

「ほんとに！」珍しくちとせが大声を上げる。その声には桃色の他に、もっと熱っぽい色が混じっていた。「まさか、木嶋くんも赤堀さんのファンなの？」

木嶋がこくりと肯く。

「なになに、有名な人？」口を挟んだところ、どうもこれはとんでもない質問だったようで、ちとせは頬を膨らまし、いままで私に見せたこともないような鋭い視線を返してきた。

「百合香ちゃん、赤堀さんはデニーマウスの声優さんだって前にも言わなかったっけ」

そういえば当時、ちとせからそんなことを聞かされたような気がするけど、すっぽりと記憶から抜け落ちていた。また人の話を聞いていなかったという私のいい加減さが露呈し、いたたまれない気持ちになる。

それから意気投合したちとせと木嶋の会話は予想以上に盛り上がり、しばらく私は置き去りにされた。驚くべきことに、聞こえてくる会話の内容はぜんぶウィズリーについてだった。

たとえば、デッキーマウスはタレント名鑑に載っている由緒正しき俳優であること。デッキーとデニーは夫婦のように思われてるけど、実は恋人同士であること。中には『デッキーのクリスマスキャロル』など子どもがいる設定の作品もあるが、それはあくまで夫婦役を演じているに過ぎないこと。アメリカの三代目デッキー役とデニー役を務める声優は、現実の世界でも夫婦であること。総合的に見て、憧れちゃうよね、ということ。

会話というより、ほとんどがちとせの一方的な蘊蓄《うんちく》発表会だったのに、相槌を打っている木嶋は、どれも心の底から共感しているようだった。

おかげで私の仕事はかなりはかどり、捨てるものはだいたい机の上にまとまった。小学校の頃、先生から配られた宿題のプリントや給食の献立表なども悉く取っておいてあったので、私はたまに懐かしさを覚えながら、それらを束ね、紐で十字に縛った。

もう三十分は経過しただろう。そろそろ頃合いだ。

「ねえちとせ、一番上の引き出しに鍵がかかってるみたいなんだけど……どうしたらいいかな?」

自然に自然に、と意識するあまり、妙に白々しい声になってしまった。ちとせは気にするようすもなく、「鍵はたぶんその辺にあるはずだけど……」と首をひねる。「ペン立ての中だったかな」

「ペン立て？」いったいどこだ。

ためしに机の上の教材やプリントの束をひとつ、ふたつと床に下ろしていく。すると物陰に、プラスチック製のペン立てがあるのを見つけた。筆記用具がごちゃごちゃと素人の活け花みたいに挿さっていたので、それらを引き抜き、机の上にひっくり返す。

「ビンゴ」思わず拳に力が入る。ボールペンや蛍光ペンが散乱する中に、硬い音を立てた鍵があった。

「見つけたよ」報告すると、ちとせが微笑んだ。

そのレンズの奥の垂れた目に、私を疑う気持ちなど微塵も感じ取れない。本当に、ちとせは私のことを信頼し切っている。

ふいに後ろめたさが私の手首をつかんできた。私は悪くない、悪くない、と自分に言い聞かせながらそれを振り払う。理性で抑えきれない欲望が、逆に理性を押さえつけようと襲いかかってくる。

でも大丈夫だ。これは故意に秘密を覗こうとしているのではなく、あくまで成り行きなのだから。

しゃがみ込み、おもちゃみたいにギザギザした鍵を差し込んだ。鍵穴が回り、カタンと音が鳴る。胸がざわついた。

わざわざ鍵のかかる場所にしまっておくものとは、いったいなんだろう。プリクラ帳、日記帳、だれかに貰ったプレゼントだろうか。感情の高ぶりが、まるでホースの先を指で潰したみたいに、勢いを増して溢れ出る。

「……なにこれ」

最上段の引き出しが開くと、呆気にとられた。溢れ出たものが場違いな空気を察して、ひゅるひゅるとホースの中に引っ込んでいく。

そこには一本のビデオテープがあった。

念のため奥まで手を突っ込んでみたものの、他にはなにも見当たらない。これだけ混沌とした世界で、この一角だけがずっと鎖国でもしていたみたいに、完全に周囲から取り残されている。

「懐かしい。それね、音楽会のビデオなの。クラスのみんなに渡そうと思って、人数分ダビングするつもりだったんだけど、その前に先生の撮ったやつが配られちゃったから行き場がなくなっちゃって……」

訊けば、これは私たちが小学四年生のときに行われた校内音楽会の一部を収めたものらしい。ちとせの父親が初めてお店を休業し、慣れないビデオカメラを手に、頑張って撮ったのだそうだ。私はそのとき披露した曲名はおろか、それが合唱だったか合奏だったかさえ覚えていないけど、毎年行われる音楽会で、私は必ずピアノ要員だった。

出てきたものがちとせの父親が撮ったビデオテープでがっかりしたものの、内心ほっとしている自分もいた。実際、ちとせが柳井と交際していたという事実を目の当たりにしたら、心の堤防は衝撃に耐え切れず、跡形もなく破壊されるに違いない。人の秘密は、なるべく知らないままでいたほうが幸せなのだ。

「それ、観たい」

提案したのは木嶋だった。緊張しているのか、ときおり不自然な咳払いをしている。どうしていまさらと訝《いぶか》ってみたが、もしかしたら木嶋は、ここに来たときからずっと緊張していたのかもしれない。態度もぶっきらぼうだし、どことなくよそよそしい印象を受けるのは、きっとそのせいだ。考えてみれば、夜も遅くに女の子の引越しを手伝ってほしいと頼まれた年頃の男ならば、ドキドキしないはずがない。

「木嶋に賛成。ちとせのお父さんが張り切って撮ったんだから、観ないまましまっておくなんて勿体ないよ。どうせなら流しながら作業しない？　ＢＧＭだと思えば、作業効率が上がるかもしれないじゃん」

「じゃあそうしようか。実は私もまだ観てなくて」身内が撮ったものだからか、ちとせは少し赤面していた。

ということで、私たちは音楽会のビデオを鑑賞することにした。ＢＧＭとはいえ一回くらいはきちんと観ておこうということで、空の段ボールはベッド側に追いやり、それぞれがテレビの見える場所にクッションを置いた。木嶋がやけに近いところに腰を下ろすので、肩が当たりそうだ。

「じゃあ再生するね」

ちとせがビデオデッキを操作すると、映像は唐突に始まった。

ピントのぼけた体育館のステージが現れ、次に照明の消えた真っ暗な天井、それから節くれだった男性の指が映る。ちとせの父親のものだ。目まぐるしくカメラが動き、おい母さん出番だぞ、急げ急げ、と声がする。突然、砂嵐の帯が上から下へ流れ、ピントが定まった。

ステージの上に、がやがやと大勢の子どもたちが並ぶ。

いや、ただの子どもたちではない。小学生の私たちだ。

「続いては四年二組で、曲目は『歌よありがとう』です」

幼い司会の声が紹介文を読み上げると、カメラが端から端までゆっくりと動いた。桃色の眼鏡少女を通過し、続いてピアノの椅子に、ショートカットの女の子が座る。思わず笑いが出た。この頃の私は、若干ふくよかだったのだ。

最後に指揮者が台の上に立つと、急に音が割れた。館内が大きくどよめいたからだ。

理由はふたつ。ひとつは指揮者が担任の先生でなく男子児童だったこと。

そしてもうひとつは、指揮者が観客側に顔を向けたこと。

「あれ、なんか泣いてる」

ちとせの言うとおりだった。

まだ演奏も始まっていない段階で、すでに男の子が泣いていた。観客席の一点を見つめたまま、悔しそうに顔を歪め、涙を流している。

しかし曲が始まると、それがなにかの間違いだったみたいに、男の子は堂々とタクトを振りだした。

子どもたちの元気のいい歌声がビデオから流れると、私の記憶が一気に巻き戻った。映像が細切れに通り過ぎ、テープを切りそうな勢いで、人が、声が、音が、駆け抜けていく。

どこに向かっているのだと不安に思ったところで、再生ボタンが押された。

小学校の音楽室。それは私が指先を鍵盤から離して、演奏を中断させたときだった。

4

「もう一回最初からやり直し」

これで三度目だ。本番まで時間がないのだから集中してほしいのに、なんだよ、またかよ、と周囲では不満が爆発している。そうやって余分な空気がまだ肺に残っているのならもっと大きな声が出るはずでしょ、と私のほうが怒鳴りたい。

「今度はどこがダメだったんだよ」

そばでタクトを振っていた五十嵐《いがらし》修太《しゅうた》に説明を求められ、私は怒りをなんとか喉の奥へと押し戻す。

「宮崎に言われたとおり、みんな表情には注意してるし、出だしの音だってかなり合ってきたはずだろ」

「全然ダメ」私は両腕でバツ印を作った。「みんな表情ばっかり意識してるせいで、声に力がないし、出だしの音が合っても最後の音なんて切れ方がバラバラ。こんなんじゃ絶対入賞できない。というか、それ以前にさ」

私は椅子から下りて、明らかに足を引っ張っている人物を名指しした。

「新巻さん、歌ってないでしょ」

まるで天敵に睨まれた小動物みたいに、新巻ちとせはびくりと体を震わせた。

「一人だけ別のことをしてると、すごく目立つんだから」

次は気をつけてよね、と念を押すと、ちとせは申し訳なさそうにきゅっと首を竦めた。

ところが次も、その次も、ちとせが歌うことはなかった。

「ねえ、なんで歌わないの。練習にならないじゃん」

注意すること自体が逆効果なのか、ちとせは身体を縮こませて、ますます口を閉ざしてしまう。

一ヶ月前、音楽会の曲目は満場一致で『歌よありがとう』に決まった。担任の野沢《のざわ》先生が去年受け持っていた六年生が、この曲で最優秀賞に輝いたことを知ったからだ。ところが「私たちで二連覇だ」と一念発起した矢先に、野沢先生が産休に入ってしまった。代わりに四年二組を引き継ぐことになったのは、副担任の三田村《みたむら》先生だ。

三田村先生は体育教師であることをアピールしたいのか、いつもくたびれたジャージを着ていた。音楽には微塵の興味も持っておらず、頼めば音楽室は押さえてくれるものの、「悪いがあとは適当にやってくれ」と、髭《ひげ》をさすりながら言うのが常だった。

「当日は野沢先生が見に来てくれるんだから、気合いを入れないと笑われちゃうよ」

私が注意すると、それぞれが忘れていた目標を思い出したように、そうだよ、ちゃんとやろうよ、と結束の輪が戻りつつあった。練習中の私はたまに厳しく声を張ってしまうけど、みんなは「それは野沢先生のため」とわかっているから、大抵は素直に協力してくれる。

たった一人、ちとせ以外は。

「ねえ新巻さん」

草むらに逃げてしまった猫をおびき出すような優しい声で、五十嵐が声をかける。萎縮していたちとせが、こわごわと顔を上げた。

「もし間違ってたら謝るけど、新巻さんって歌詞が見えてないんじゃないかな。ほら、いま僕を見るときも、うっすらと目を細めたし」

隠しごとが明るみに出ることがそんなに恐ろしいのか、ちとせは怯えるように「ごめんなさい」と頭を下げた。

指摘どおりだった。ちとせは極度に視力が悪いために、黒板に張られた模造紙の歌詞が、まったく見えていなかったのだ。

「なにそれ。だったら、どうして最初に言わないの？」

私が呆れると、さっきよりも弱々しい「ごめんなさい」が返ってくる。これじゃ埒《らち》が明かない。私は大きく息を吸った。

「甘えるな！」

予想以上に効果絶大だった。

ただ母親の口癖を真似ただけなのに、ちとせはおろか、その場にいた全員の目が点になっている。つまり、私も引くに引けない状況になった。

「それなら眼鏡でもコンタクトでも買えばいいじゃん。あんたがクラスの足を引っ張ってるんだってこと、ちゃんと自覚してよ。あと二週間で本番なんだし、放課後に音楽室を使える日だって残り少ないんだから……」

でも、すぐに好き放題に言ってしまったことを後悔した。

ちとせが、うずくまって泣き出したからだ。


「ごめんなさい、ごめんなさい」

教室に戻ってからも、ちとせは聞き飽きるほどの謝罪を繰り返した。夏場の犬みたいに苦しそうに息をしていて、私はただただ背中をさするしかない。

「もういいって」

練習を切り上げ、私はちとせが落ち着くまで付き添うことにした。五十嵐にそうしたほうがいいと勧められたこともあるけど、女の子を泣かして放っておけるほど私も鬼じゃない。

カーテンを締め切っているせいか、教室は少し薄暗かった。でも電気をつけようとは思わなかった。つけたらますます、ちとせが心のカーテンを閉ざしてしまう気がした。

「ごめんなさい。ほ、本当は、泣くつもりじゃなかったんだけど」

「もういいって。私だってちょっと言いすぎたところがあるから」

「そうじゃなくって」ちとせはなにかを決心したみたいに、カーディガンの袖で目元を押さえた。「私、嬉しかったの。今月も、学校でだれとも喋らないで終わるんだと思ってたから」

思わずカレンダーに目を向けていた。もう十月の第四週目だ。

「なに、新巻さん学校に来てもだれとも喋らないことがあるの？」

冗談だと願ったのに、ちとせはしっかりと肯いた。ショックだった。ちとせがおとなしい性格であることは知っていたが、まさかクラスで孤立しているとは思わなかった。

言葉に詰まる。「それは大変だったね」と同情するのも、「今日は喋れてよかったね」と励ますのも、どちらも適切でない気がした。

「視力検査だって最近もあったのに、よくいままで黙っていられたね」

気付いたら話を逸らしていた。テレビに映る悲惨な事故シーンから目を背けてしまうような、そんな気持ちだったのかもしれない。

「うん、検査表はぜんぶ覚えてるから。なんとなく、目が悪いって認めるのがこわくて、必死に隠してたの」

「そっか」話題を振ったくせに、すげない返事になる。

以前、私も熱が出たとき、なぜか先生や親に悟られまいと無理をして一日を過ごしたことがあった。深い動機はないけど、「大丈夫？」と心配してくれる周囲の目が、私が普通ではないと非難しているようでイヤだったのだ。

意味もなく立ち上がって、丸めた模造紙を手のひらで弄んだ。静かになると、ちとせに友達がいないという事実が余計に突き刺さって、胸が痛くなる。だからとにかく、なんでもいいから、口でも手でも動かしていたかった。

「じゃあさ、視力検査と同じように歌詞も覚えたらいいよ」私は思いつきで言った。模造紙を広げ、マグネットで黒板に張り付ける。「この曲って、教科書にも載ってないから、家に帰っても調べられないでしょ。だからいまノートに書いて、覚えておきなよ」

ちとせは首を縦に振った。ずいぶんと呼吸が落ち着いたように見えたのに、ランドセルからノートを取り出すと、また申し訳なさそうに俯く。

「ごめんなさい。今日、筆入れを忘れちゃって」

「さっきから謝りすぎ」私は自分の机から鉛筆を一本取り出した。自分がどういう顔をしているのか知られないように、下を向いたまままちとせの手元に置く。

「ありがとう」ちとせの声は透き通っていて、軽かった。

「別にいいよ。それさ、落としたときに椅子でふんづけて、真ん中で折れちゃってるやつだから。適当に削って使ってよ」

ちとせが、えへへ、とかすかに笑う。

「これ、見たことあるキャラクターだ」

そう言われても、鉛筆になにが描かれていたのか、私はもう覚えていなかった。

「歌詞を書き写したら模造紙は丸めて、うしろの棚の上に置いておけばいいから。じゃあ、私は先に帰るね。また月曜に」

「うん、月曜に」

ちとせは赤い目をしたまま手を振ってくれたというのに、私はほとんど逃げるようにして教室を出ていた。一緒に帰ればよかったのに、置き去りにしてきてしまった。

土日を挟んだあとの月曜日は、朝の会が始まる前から教室で合唱の練習だった。

私がカセットテープに録音した伴奏を流し、五十嵐が指揮をする。

直前に「そういや仲直りはできた？」と五十嵐に耳打ちされたので、私は「もともと喧嘩じゃないし」と受け流した。

五十嵐が、小麦色の肌にしわを刻んで笑う。

「アドバイスしたんだろ。あれ、似合ってるじゃん」

「してないけど……たしかに似合ってるね」

ちとせは眼鏡をかけていた。集団の中にいても目立つ、淡い桃みたいな色のフレームだった。まるで別人だ。眼鏡ひとつで、人はこうも変わるものなのかと疑うほど、丸まった背筋がぴんと伸び、きちんと声が出ている。

私がこっそり人差し指と親指で丸印を作ると、ちとせは照れくさそうに首をすくめた。

五十嵐も、心なしかいつもより張り切っていた。彼はクラスを取りまとめる能力に長けている。指図をしても相手を不快にさせることはないし、常に笑顔でいるからだれにとっても親しみやすい。私なら話を聞いてもらうために大声を出さないといけないのに、五十嵐なら軽く手を叩くだけで、みんなのほうから注目する。

私はそんな彼が好きだった。「初恋」なんて言葉にすると甘酸っぱいが、だからといってどうしたいという欲もなかった。ただひそかに、このままずっと音楽会が来なければいいいなと願うだけで満足だった。

私がピアノを担当することになったのは、野沢先生に指名されたからだ。なんて言うと、まるで先生から絶大なる信頼を受けていたみたいに聞こえるけど、実際はクラス分けの時点で、学校側はピアノの弾ける児童を各クラスに割りふっておくのだ。

そんな私と違って、五十嵐が指揮者を務めることになったのはまったくの偶然だった。野沢先生が産休を取ることになったので、「それなら指揮は僕にやらせてください」と自ら希望したのだ。幸い、後任の三田村先生がやる気のない人だったから、二つ返事で承諾された。五十嵐は責任感が強いから自ら指揮者を買って出たのだと思うけど、私はぐっと距離が縮まったような気がして嬉しかった。

「おう、熱心だな」

三田村先生が教室に入ってくると、私たちはさっと練習をやめて、朝の会の準備をした。

5

廊下を歩いていると、いきなり五十嵐に肩をつかまれた。

「おい宮崎、おまえ、今度は新巻さんになんて言ったんだ」

突きつけられたノートには、虫眼鏡が必要なほどの小さな文字が敷き詰められていた。捲っても捲っても、何ページにも亘って続いていて、一瞬なにかわからなかったけど、それは『歌よありがとう』の歌詞だった。

「なにこれ？」

「新巻さんのノートだよ。なんだろうと思って訊いてみたら、覚えるまで何度も書いたんだって。まさか、宮崎がやらせたのか？」

五十嵐の小麦色の肌が、怒りのせいか火照《ほて》ったように赤らんでいる。どうしてこんなにムキになっているのだろう。

「違うよ。そうじゃなくて」

「宮崎のやり方はさ、たまに強引なところがあるんだよ。一歩間違えたら、周りが離れていくぞ」

――周りが離れていくぞ。

言葉がぶすりと胸を貫き、私は弁解することを忘れて動揺した。

それはつまり、孤立を意味している。

金曜の放課後、私はどうしてちとせを置いていったのか、ようやくわかった気がした。

彼女が、どことなく私に似ているからだ。

熱を出してもごまかしたり、目が悪くても黙っていたり、きっと私たちは互いに周囲の目に敏感すぎて、周りが離れていくことにびくびくしている。「活発」と「穏和」。着ている服が異なるだけで、中身はそっくりだ。私だって少しでも振る舞いが違えば、孤独な世界の住人になっていたかもしれない。そう考えると、身震いした。

私は、今日もだれとも言葉を交わしてないであろう、ちとせのもとへと急いだ。まずは五十嵐の誤解を解くよりも、ちとせと仲良くするべきだと思った。


体育が始まってまもなく、バスケットコート内で、五十嵐が倒れた。だれかの肘が当たって転んだらしく、頭から血を流したのだ。

三田村先生は傷口を確かめると、「念のため病院に連れて行ったほうがいい」と判断し、家に連絡すると言って体育館を出ようとした。

「あ、先生」五十嵐が言いづらそうに呼び止める。「その、いま家にはだれもいないので、父の職場に電話をしてもらっていいですか」

「……そうか、そうだったな」

三田村先生はすぐに職員室へと駆けていったけど、私には、二人の間になにか秘密の言葉が交わされたように思えた。

五十嵐の父親はすぐに迎えには来られないらしく、急遽《きゅうきょ》、三田村先生が直接病院に連れていくことになった。

残された私たちは自習になったが、クラス中が算数ドリルそっちのけで、「実は五十嵐には母親がいないのではないか」という噂に飛びついていた。根拠はいくつかあるらしい。まず学校からの連絡がすべて職場に指定されていたこと。それから授業参観も運動会も、来たのは父親だけだったこと。そして極めつけは、本人に訊くと、「母さんの話はしないでくれ」と言われることだ。

どちらでもいいことだけど、敢えて隠すことでもないのに。私は首を傾げていた。

翌日、人の心配を余所に、五十嵐はけろりとした顔で登校してきた。頭に果物ネットみたいな帽子を被って、「一週間もすれば治るから」と陽気に答える姿は、本当にいつもと変わりない。

むしろ変わっていたのは三田村先生だった。先生は出欠を取り終えると、普段は口にしないはずの話題に、なんの脈絡もなく触れた。

「音楽会の件だがな、他のクラスと一味違うことをやりたくないか」

途端にクラスがざわついた。「あとは適当にやってくれ」でお馴染みの三田村先生が音楽会の話をするなんて、それだけで体に虫が這ったみたいに気持ち悪い。

「先生みたいに、たとえ家でもちっとも音楽を聴かない人にとってみれば、なにか目に見えて工夫を凝らしているほうが面白いと思うぞ。たとえば曲の途中でカスタネットを使うとか、一番だけアカペラで歌ってみるとか。四年二組の場合は……そうだな、歌に合わせて振り付けをするっていうのはどうだ」

私は失笑した。あと二週間を切っている状況で、いまさらなにを言うのだ。だれもが呆れていると思っていたのに、一人だけ賛同者がいた。

「僕は賛成です」五十嵐が手を挙げた。「振り付けなんてどのクラスもやってないから、きっと注目の的になると思います」

またクラスがざわめきだした。これはよくない兆候だ。クラスの羅針盤である五十嵐が右だと言えば、左だと異を唱える人なんていない。三田村先生も髭を撫でながら、すでに話をまとめる機会を窺っている。

「私は反対です」

「なんでだよ」五十嵐が私に向かって目を尖らせた。

「だって、そんなの歌に必要ないじゃん」

「ほらな、宮崎は頑固すぎるんだ。合奏だってあるんだから、なにも歌うだけが音楽会じゃないのに」

「二人とも落ち着け」と三田村先生が私たちを制したものの、そのあと行われた多数決により、私の意見は却下された。

その日から歌の練習をなおざりにして、くだらない振り作りが始まった。合唱の一番はいままでどおりに歌い、二番から上半身に動きをつけるらしい。私には「歌声いつまでもー」という一番の盛り上がり部分が、でたらめな投げキッスをしているようにしか見えなかった。

このままでは絶対に野沢先生との約束が果たされない。

五十嵐の頭の果物ネットが外れ、本番まで一週間を切ったとき、残念ながらその不安は的中した。

「ウソだろ、これ」

五十嵐が声を上げた。合唱の最終チェックだというのに、録音したテープを確認してみると、歌全体ががたがたにひび割れている。ひどい出来栄えだ。

いましかないと思った。「代表」という服に着替え、私は勇気を持って呼びかける。

「こんな風になっちゃったのは、みんなが振り付けにとらわれて、歌をおろそかにしたせいだよ。これじゃ聴きに来る人に失礼だと思わない？」

「でもやるしかないだろ。もう決まったことなんだから」

さすがに抵抗してきたのは、五十嵐だけだった。

「いくら決まったことだからって、こんな歌でいいわけないじゃん」

「いいんだよ。観ている人が楽しめれば」

「でも」

必死すぎる五十嵐の目を見ているうちに、言葉が出てこなくなった。こんなはずじゃなかった。きっかけは些細な対立だったのに、それが終わりの見えない高い壁となって目の前に立ちはだかっていることが、急に耐えられなくなった。

私は力任せに声を上げた。五十嵐と違って上手にクラスをまとめられなくても、それでも訴えるべきだと思った。

「もうやめようよ。歌一本に絞ればもっと質が高くなるのに、こんな思いつきの踊りを見せるなんて、おかしいよ。野沢先生が私たちの歌を楽しみにしてるんだから、ちゃんと練習しようよ」

私の声を最後に、音楽室は重たい沈黙に覆われた。反発しているわけではなく、それぞれが頼るべき羅針盤がどちらだろうと自問自答しているようだった。五十嵐が反論すれば、私の意見なんてうやむやにされてしまいかねない。でも、賛同の声がひとつ上がると、ありがたいことに声は次々と大きくなった。

私はほっと胸を撫でおろした。ただ一人、五十嵐だけは納得できないようすだったけれど、ここまで来たら肯くしかなかった。

6

盛大な拍手が送られ、ビデオの中の私たちは舞台を下りた。ちとせの父親が感激のあまりカメラを叩くので、画面は揺れるしノイズは入っているし、ときには鼻をすする音まで聞こえた。身内以外に配らなくて正解だったとしか思えない。

「ビデオを観るまで五十嵐くんが泣いてるなんて知らなかったけど、きっと観客の人たちは気付いてたんだろうね」ちとせはしんみりと言った。

舞台の上で私たちに向き直ったとき、五十嵐の涙はきれいに拭われていたのだ。

「だけどさ、涙の理由はあのとき、『振り付けをしよう』という流れを私が断ったからだよね。男のくせに、そんなこと引きずるなんて」

「……そうだね」言いながら、ちとせがすーっと眼鏡のつるを指で撫でる。プラネタリウムのおじさんを見たときもそうだった。ちとせは謎の真相にたどり着いたとき、よくこの仕種を見せる。

「ねえ、わかったの？　五十嵐が泣いてた理由」

指摘すると、ちとせは困った顔のまま、気まずそうに答えた。

「百合香ちゃん、人が泣いてた理由なんて、知ったところでいい気分にはならないよ」

「構わないって。私たち、いつだってそうだったじゃん。気になったことをほったらかしにしておくなんて、それこそ気分が悪いよ」

ちとせはビデオを停止させてから、一呼吸置いて言った。

「じゃあ話すけど、まず初めにね、五十嵐くんが指揮を買って出たのは、たぶん目立ちたかったからだと思うんだ」

「目立ちたかったって、どうして？」

「家族が音楽会を見に来るからだよ」

「まさか」いくらちとせが相手だからって、これには自信があった。「だって五十嵐は運動会も授業参観も、特別目立とうとするタイプの人じゃなかったじゃん」

「状況によるよ」ちとせは取り出したビデオテープを手に言った。「百合香ちゃんだって、普段だったら学校に来ないはずの人が学校に来たら張り切るでしょ。私の場合はお父さん。五十嵐くんの場合はお母さん」

「お母さん？」

驚きのあまり、唾を飲み込むことに失敗してむせた。私はずっと、五十嵐には母親がいないものだと思い込んでいたのだ。思い返してみれば、噂にまつわるたしかなことは、五十嵐の母親が学校に来たことがないという事実くらいで、「母さんがいない」なんて、本人は一度も言っていない。

「それともうひとつ、三田村先生が音楽に関心がなかった理由も、五十嵐くんが目立ちたかった理由と、同じだと思う」

毎度のことだが、さっぱり意味がわからない。一方は目立ちたくて、もう一方は関わりたくないなんて、まるっきり正反対の性質だ。

「とにかく五十嵐くんは欲張ったんだよ。自分が目立つだけじゃなく、お母さんに振り付けを加えた歌も見せたかったんだ」

「ちょっと待って。五十嵐は指揮者なんだから、実際に振り付けをするのはそれ以外の人たちだよね。それでもいいの？」

「いいんだよ。とにかく観ている人を楽しませることさえできれば」

聴く人ではなく、観ている人。こういう言い回しを、たしかあのとき五十嵐もしていた。

当時はとくに意識せずに発した言葉だろうと捉えていた。けれど、実際のところ五十嵐は明確な意思を持って使い分けていたのだ。私はそのことを次の言葉で理解した。

「だって五十嵐くんのお母さん、きっと耳の聴こえない人だから」

へえ、そうなの。と気楽には返せない。私の中に少なからず偏見や先入観があるせいで、うまく舌が回らず、だからちとせにさらりと告げられたことが、より一層私を打ちのめした。

耳が、聴こえないだって？

「そのせいで電話はお父さんの職場にかけてもらってたし、学校に来るのもいつもお父さんだったんだと思う。これは推測でしかないけど、きっと三田村先生が音楽に関心がなかったのも、家族や親戚の中に耳の聴こえない人がいるからじゃないかな。ほら、先生は家で少しも音楽を聴かないって言ってたでしょ。もしかしたら五十嵐くんを病院に連れて行くとき、先生は音楽会にお母さんが来ることを聞いたのかもしれないよ。それで共感して、振り付けをしようと思いついたのかも」

「……なるほどね。それならあの三田村先生が、いきなり音楽会に口を挟んできたのにも説明がつくけど」

私は知らないうちに大切な宝物を捨てられたような気分になっていた。もし五十嵐が、頑固者の私が振り付けに反対することを予想していたから、敢えて黙っていたのだとしたら。

もう嫌な予感しかしない。

「耳が聴こえない人に向けるなら、手話でもやればよかったじゃん。そしたらお母さん、歌詞だってわかるのに」

「それは難しいよ」

耳元で男の声がして驚いた。隣で傍観していたはずの木嶋が、口を開いていた。

「実際、手話歌は言葉がめちゃくちゃだから、通じないことが多い。手話は日本語を語順どおり変換したものじゃなく、文法から単語、何から何まで違う言語だから。その点、振り付けは、健聴者もろう者も分け隔てなく表現できる手段だと僕は思う」

「だとすると」ちとせが後を引き取る。「五十嵐くんは、手話を知っているからこそ、動きで歌を表す振り付けにこだわったんじゃないかな」

「じゃあ、音楽会で五十嵐が泣いていた本当の理由って」

言いながらも、薄々感づいていた。ちとせが覚悟を決めたように、肯く。

「たぶん指揮台に立ったとき、見つけたんだよ。音楽会に来てくれたお母さんを」

その瞬間、背中から首筋に向かって、じわじわと鳥肌が立つ感覚が広がった。少しでも声を出せば、自分のいる場所がぐらついて倒れてしまいそうだ。

どうしてだろう。どうしてプラネタリウムのおじさんとおなじように、人の行動の心理は、私が外から見ているだけではわからないのだろう。

「私が振り付け案に反対しなければ……」

そう。紛れもなく、私が五十嵐を泣かせた張本人だった。五十嵐に素直に協力していれば、彼と揉めることなく、母親を喜ばせてあげることもできたのに、すべて私のわがままのせいで。

いずれ忘れてしまう幼い頃の記憶だとしても、できることなら過去に戻って一からやり直したかった。絵空事だとはわかっている。私の初恋なんて、「甘酸っぱい」よりも「ほろ苦い」のほうがお似合いだって、自分が一番よく知っている。でも。

「勘違いしないほうがいい。宮崎さんは正しいことをしたんだから」

私は自分の目と耳を疑った。疑うあまり、指で探したくなった。だって木嶋が、口元にうっすらと笑みを浮かべながら、私に話しかけてきたのだから。

「これは、音楽会に私情を持ち込んだ五十嵐と三田村先生の身勝手さが原因だ。初めから周りに、正直に相談していればこうはならなかった。だから気にしないほうがいい。それに、あのまま振り付けを続けていたら、きっと僕たちは最優秀賞なんて獲れなかった。野沢先生も『本当に二連覇になっちゃった』ってすごく喜んでいたから、総合的に見て、宮崎さんの判断は正しかったんだ」

それを一気に言い終えると、木嶋は自分で自分の興奮を鎮めようとするみたいに、長い、長い鼻息を吐いた。

私もつられて長い、長い深呼吸をする。ちょっとだけ、気持ちが落ち着いた。

「それに思うんだ。五十嵐くんのお母さん、きっと嬉しかったんじゃないかって。だって息子が指揮者を務めたんだもん。それだけで大満足だよ。だから百合香ちゃんは気に病む必要なんてないよ」

ちとせの澄んだ瞳を見ていると、過ぎ去ったことにくよくよするなんて、それこそ格好悪い気がした。

いまは笑うべきなのだ。気遣いなどしそうにない「奇人変人木嶋くん」に励まされたのだから、ここで笑顔を見せなくてどうする。

ありがとう。二人にお礼を言うつもりが、つい頭に引っかかっていた疑問が口から飛び出した。

「あれ。ひょっとして木嶋、さっき『僕たち』って言った？　木嶋ってさ、小四のときも私たちと同じクラスだったっけ」

途端に、木嶋がぬっと唇を突き出した。デニーマウスのクッションがくしゃくしゃと擦れて音を立てる。怒りの象徴、貧乏ゆすりだ。

「そうじゃなきゃビデオなんて、観たがらない」

言われてみて、そりゃそうだと合点がいった。だれが好き好んで他人の思い出を鑑賞したがるのだ。なんだか恩人を川に突き落としたような気になって、私は猛烈に反省した。

でも、本当にありがとう。

「さあ仕事を再開させようか」

気持ちを切り替えて立ち上がると、この時間にふさわしくない上機嫌な口笛が聞こえてきた。

音の出所はデッキーの壁時計だった。短い手足をばたつかせて、愉快に踊っている。午前二時の報せだ。

私が顔を見ると、二人とも唾を飲み込むのがわかった。遅れて私も、唾を飲み込む。

「どうしよう……片付け終わらないかも」

親友の不安を、私は自信を持って吹き飛ばしてあげるどころか、一緒になって嘆いていた。

「うん、どうしようね」

第三章　南国と携帯ストラップ

I

「初代デッキーマウスの声優さんは、なんとモルト・ウィズリー本人だったんだよ、それもね、二十年近くも務めてたの。あのやたらに甲高い声だって、もともとはウィズリーがふざけて始めたのに、それが現在のデッキーにも継承されているなんてすごいとしか言いようがないよね。まさか八十年以上もファンに愛されるキャラクターになるとは、さすがのモルト・ウィズリーやデッキーも夢にも思わなかったんじゃないかな」

ほんの数分前まで途方に暮れていたはずのちとせが、いまではすっかり多弁になっている。私もそれを促すつもりで話を振ったのだけど、これはこれで結構困るものだ。

ことの発端は、私が『アルプスの少女ハイジ』よろしく、「口笛はなぜ」と訊ねてしまったからだ。

毎度なにかしらの誘惑が邪魔をして、遅々として進まない片付け作業に落胆していたちとせに対し、景気づけにデッキーの話題を持ちかけたのがいけなかった。

「ねえ、なんであの時計から口笛が聞こえてくるの？」

壁にかかったデッキーの首振り時計は、ずっと前からこのときを待ち望んでいたように、軽快に、そして陽気に口笛を吹きながら、暴走したピエロみたいに踊りだした。

ちとせ曰く、あれはデッキーの記念すべきフィルムデビュー作『蒸気船ウィズリー』の名シーンの再現だという。名シーンとはいっても、デッキーが船のハンドルをくるくると回しながら、ただ口笛を吹いているというだけのものらしいが、なんでも世界初のトーキーアニメーションということで、音声と映像を完全にシンクロさせたことが画期的だったとか。

そのせいで、「このスクリーンデビューの日がデッキーの誕生日なんだよ」やら「ついでに言うとデニーも、それから天敵である猫のビートも同じ誕生日なの」など、塞がれていた蘊蓄の栓を不用意に開ける羽目になってしまった。

「ホントによく知ってるもんだよ。こりゃウィズリーに関する蘊蓄だったら、ちとせの右に出るものはいないね」

ほとほと感服いたしました、という風を装いながら、私はどうにか別の話に転換できないかと試みた。ウィズリーについて熱く語っているときの生き生きした表情を、できればむげにしたくない。

「それに比べて私なんてさ、なにも詳しいことなんてないし、得意なこともないし、おまけに浪人までしちゃうし、いいところなんてなんにもないじゃん。もうダメ人間街道まっしぐらだよ」

「違うよ、百合香ちゃん」

ちとせが鋭い声を発するものだから、自分で仕向けておきながらも心が跳ね上がった。きっと私のいいところを並べたててくれるつもりだ。期待して振り向くと、ちとせは真面目な顔でこんなことを言ってのけた。

「薀蓄じゃなくてトリビア。ウィズリーファンの中では、こういう雑学的な知識はトリビアって呼ばれてるんだよ」

「へえ、トリビアね……」瞬時にどっと疲れがきて、私はありったけのため息を洩らした。

結局、私が「口よりもっと手を動かして！」と叱ることになり、ちとせは「そうだった」なんて口をまん丸くしながら、せっせと床に散らばる服を畳みだした。純粋で鈍感な性格がちとせのよさでもあるけど、少しくらいは私の気持ちも汲んでほしいものだ。

さて、と区切りをつけてみても、机上にはまだまだ教材が溢れている。これを片っ端から紐で括るとなると、考えただけで二の腕に乳酸が溜まりそうだ。

視界の隅では、ゆさゆさと鳥の巣頭が揺れていた。木嶋がガムテープで段ボールを閉じている。たらこ唇を引き結び、いまでは私を励ましてくれていたのはだれだったかわからないほど、すっかり寡黙な人に逆戻りしていた。

もしかしてあれは、「クララが立った」ときのような、木嶋はじめ史に残る貴重な場面だったのかもしれない。でも、それが事実であってもちっとも嬉しくないし、それどころか、いつの間にか山のようにあったはずのコミックが、残すは脇に積まれた『キラキラ100%』だけになっているという事実に焦りを覚えた。

あとから来た助っ人に完全に遅れを取っているなんて、もはや偉そうに注意する資格なんてない。口よりもっと手を動かすべきなのは、ちとせではなく私のほうだ。

「百合香ちゃんってダメだよね」

ふと咎めるような声が聞こえて、私は我に返った。

「ちょっと、なんでダメなのさ」

「だって百合香ちゃん、船酔いがすごかったでしょ。あのときもずっと風に当たりに行ってたし」ちとせにしては珍しく、からかうような口調だった。

「待って、なんの話?」

「なにって、船の話だよ。『蒸気船ウィズリー』といえば、イコール百合香ちゃんの船酔いのエピソードでしょ」

そんな方程式を立てられるのは心外だが、でもちとせの言いたいことはわかる。中学生のとき、私はフェリーでひどい船酔いをしたのだ。甲板に出て、知らないおじさんと一緒に、暗い海に身を乗り出してげえげえと吐いたのは、宮崎百合香史においての決定的な汚点だ。

ちとせは愉快そうに思い出し笑いをしたあと、空色のジャージのポケットからおもむろに携帯電話を取り出した。

「ねえ。これ、なんだかわかる?」

ちとせの携帯には、金具が取れて、赤い紐だけになったストラップがぶら下がっている。それを見て、私の頬はゆるゆると勝手に持ち上がった。偶然にも、私の携帯もおなじ状態にあるからだ。

もし赤の他人がこの千切れたストラップを見たら、「まあ、なんてずぼらな人」と思うかもしれない。それでも私は、この紐だけになったストラップを外さないでいる。マスコットが取れてなくなろうが、携帯電話の機種を変更しようが、このストラップだけは外したくなかった。

かろうじて繋ぎとめている私たちの大切な旅の思い出や友情の絆が、完全に消えてしまわないように。

木嶋が一旦作業を止め、獲物を見定めるみたいに目を細めた。ちとせのストラップを見ていたが、やがて「どうしてそんなものをつけているのか理解できない」とでも言いたげに唇を歪めると、作業に戻った。

思わず顔がにやけた。木嶋にはわからない秘密を、ちとせと共有しているという事実が誇らしい。たとえ引越しの役に立っていなくても、新参者の木嶋になんか決して負けていないのだ。

「当たり前じゃん、覚えてないわけないでしょ」

自信満々に答えると、ちとせは眼鏡に手を添えてそっと微笑んだ。

きっとちとせにも、はっきりと見えているはずだ。

紐の先で、色とりどりのビーズでできた船のマスコットが、足元を伝うエンジンの振動と波打つ海面の動きに合わせて、ゆらゆらと振り子のように揺れているところが。

2

「はい、おみやげ」

小走りで通路を走ってきたちとせは、両手に三本のストラップを持っていた。台紙には

『アカシア号』という、いま乗っているフェリーの名前が印字されている。

「あのさ、普通おみやげって旅行先で買うものじゃないの。なにも行きのフェリーの中で買わなくても」

私のつれない反応に、ちとせが悲しげに口をすぼめる。

「だって旅の途中でも、十分楽しいじゃん。もう旅行は始まってるんだし、フェリーもウイズリー号みたいでわくわくするよ。ねえ、小夜《さよ》ちゃんもそう思わない？」

意見を求めるや否や、私の隣で『キラキラ１００％』を読んでいたはずの猪原《いのはら》小夜が、まるでお目当てのバーゲン品でも見つけたみたいに、勢いよくストラップを抜き取った。

「じゃあウチこの黄色い紐のやつにするわ。こう見えても、おそろいのストラップとか結構好きなんだよね」

左右で大きさの違う八重歯を見せながら、小夜はこぼれ落ちそうな目をきらきらとさせた。彼女の携帯はすでにストラップで団子状になっているから、どこからどう見ても意外性はないのだけれど。

中学一年生の夏休み初日、私たちはたった三人で、太平洋沖の小さな島に行く計画を立てた。「長期休みを利用した野外学習」という胡散臭い名目は、だれもが察するとおりただの口実で、本当は子どもだけで旅行がしたかった。修学旅行まで待てばいいと反対されたが、「高校受験」という魔物を前に旅行を楽しむ気持ちになんてなれそうにないし、いざ受験が終わったあとに羽を伸ばそうと思ったところで、凍てついた冬の海を泳ぐなんて罰ゲームでしかない。私たちは暑い夏の日差しを浴びられるいま、この時期に、思い切り海を満喫したいのだ。

「あ、いいじゃん。三人でこれぶら下げて歩いたら、見るからに仲良しって感じがするし」

小夜の携帯に、新たに『アカシア号』が入る余地はなさそうに見えたものの、どうやら無事に仲間入りを果たしたようだった。満足げに小夜が本体よりも重そうなストラップの塊を顔の前でじゃらじゃらと振ると、ちとせもそれを真似して携帯を揺する。

「ね、可愛いよね」

ちとせが微笑みながら赤い紐を見せ付けてきた。それが「ほら、百合香ちゃんも早く」と急かしているみたいで、私は渋々細い穴に青いストラップの紐を通した。

携帯はできればシンプルなままで使いたかったけど、いざつけてみるとそれほど悪くない。白、赤、黒、青の四色のビーズなんて、一見すると色の主張が激しい組み合わせなのに、全体的に丸みを帯びているせいかどことなく柔らかい印象を受ける。友情とか絆とかは普段目に見えないけど、こうすれば目に見えるのだな、なんてちょっと照れくさいことも思った。小夜とは中学生になってからの付き合いだし、ちとせと出席番号が隣同士だったおかげで会話をしていた程度だったのに、たった半年ほどで友情を意識してしまうような仲になっている。

「はいできた。これで三人ともおそろいでしょ」

私がずいと携帯を突き出すと、小夜が「うわあ」と声を上げて一歩退いた。それは感激というより驚愕という風だったので、私も「なになに」とつられてうしろに下がる。

小夜の長いまつげが、ぴくぴくと小刻みに震えていた。目線の先が私の足元にあり、それが私の不安を余計にあおる。おそるおそる床に目を落とすと、いた。親指ほどの茶色い虫が、つま先の上を這っている。急に冷たい氷がすうっと背筋を滑っていくような悪寒が走り、私は身動きが取れなくなった。

「すごいね。海の上にもいるんだ、ゴキブリって」

ちとせだけが冷静に茶色い虫を観察していた。私の「早く取って」という祈りは通じず、尚且つタイミング悪くフェリーが消灯するものだから、私はパニックに陥り、無言で暗がりの通路を闇雲に逃げ回ったあげく、ひどい船酔いをしたのだ。

ようやく苦い唾液がおさまった頃、フェリーは島へ到着した。

日は昇っていたものの、のっぺりと広がった雲がまるで夏の太陽を出し惜しんでいるみたいに、空は明るくなったり陰ったりを繰り返している。私は意味もなく徹夜したときのような虚しい気持ちを抱きながら、それでもいつも以上に外はまぶしいなと感じた。

「百合香、ちょっと痩せたんじゃない？」

「あらホントに。すごく嬉しい」小夜の冗談に、私は力なく返事をする。顔色が悪いねとか、肩を貸そうかとか、もっと心配してくれてもいいのに。

はしゃぎながら写真を撮りまくっているちとせについて行き、三人でふらふらと漁港沿いを歩いた。きらきらと光る海があまりにも広くて、なんだかミニチュアの人形になって町を散歩しているような気分になる。

小船の周囲に人だかりを見つけた。普段ならばまだ布団を被っているような早朝だというのに、すでに島の漁師たちはひと仕事を終えたようで、ビールケースのようなものに腰をかけ、海を眺めながら弁当を食べたり、軽食屋に入って休憩していた。タンクトップ姿や上半身裸など、どの漁師も格好はさまざまだけど、共通点といえば、みんな日に焼けて肌が真っ黒ということだ。

私たちはいつもと違う環境に少しドキドキしながら、その集団に交じって冷たいカキ氷を注文した。私はブルーハワイ、小夜はレモン、ちとせはイチゴに練乳。示し合わせてもいないのに、三人ともストラップの紐と同じ色のシロップをかけたことがおかしくて、笑い合った。

いつだったか、小夜が「たぶんウチの名前ってさ、姓名判断的にアンバランスなんだよね」と言っていたことがある。

「だって猪原小夜だよ。前半の猪原って漢字はなんだか活発で獰猛《どうもう》なイメージだし、後半の小夜ってのはおとなしくて根暗な感じがするでしょ。どっちかっていうと、ウチは性格が猪原っぽいんだけど、音の響きはサヨっぽいんだよね」

漢字の印象と姓名判断とは関係なさそうに思えたけど、小夜の雰囲気については私も同感だった。ちとせを淡い桃色だとたとえるなら、小夜はレモンやグレープフルーツみたいに、柑橘系の強い黄色が似合う。だから、レモンシロップのかかった小夜のカキ氷を見るだけで、私は笑ってしまうのだ。

「はい構えて。よーい、どん」

小夜の突然のかけ声で、なぜか一斉にカキ氷を食べる競争が始まった。小夜は豪快に掻き込み、ちとせは戸惑いながらもせっせと口に運んでいる。私はといえば、すぐにこめかみがキーンとして手が止まってしまった。でも、どうしても笑いは止まらない。

「いつまで笑ってるのさ」

「だって、小夜が予告もなくいきなり始めるから」

二人に惨敗したあと、私は咄嗟にそんな言い訳をした。だけど本当は、小夜のかけ声が、「たったいま、この瞬間からが夏休みのスタートだよ」という宣言のように感じられて、この三人の旅行なら楽しくならないわけがないなと、また照れくさいことを思ったからだった。

3

カキ氷を食べ過ぎたことを後悔しながら、私たちは歩いていた。高低差の激しい道を上ったり下ったりしたのち、涼しい風の通る細い小道を抜け、ようやく小ぢんまりとした旅館に辿り着く。でも旅館とは名ばかりで、もともとお年玉貯金を取り崩した程度の予算で決めた場所だから、懐石料理も温泉もない、ただ寝る場所が用意されているだけの民宿だ。ちとせは少し疲れたとぼやいていたけど、ここまで来たらもう休んでいられない。汗を拭いたらすぐに着替え、小銭とタオルとイルカの浮き輪をバッグに入れ、ちとせにビーチボールを持たせてバス停まで向かう。

「フェリーのときとは打って変わって、だいぶ生き生きしてきたね」と走りながら小夜に揶揄《やゆ》されたが、当然だ。

この旅行の一番の目的は、夏の海を満喫することにあるのだから。

バス停に着いてから十も数えないうちに、坂の頂上にバスが現れた。間に合ったと安堵したものの、バスが下り坂でも少しもスピードを緩めることなく迫ってきて、私たちは思わず一歩引き、街路樹に身を寄せた。案の定、バスは私たちに気付くことなく目の前を通過した。「すみませーん」と大声を出して追いかける。バスは十数メートルを過ぎた地点で停止した。

「なんだ、乗るのか。乗るならちゃんとバス停にいてくれないと」

バスに乗るなり即刻文句を言ってやるつもりが、先制攻撃をされてたじろいだ。

すこぶる荒っぽい運転だとは思ったけど、運転手はそれを体現したような風貌だった。四、五十代に見えるが、シャツから出ている二の腕は、漁師たちに負けず劣らず太く真っ黒で、サングラスを鼻の先っちょに載せている。

「で、どこまで行くんだ」おじさんはよく酒を飲むのか、怒鳴りすぎて喉を潰したのか、声が掠れている。

「海に行きたいんです」私が応じた。座席は空っぽで、客は他にいない。

「じゃあ信号まででいいか」

「信号って、どこの信号ですか」

「どこって言われてもな」運転手は鼻で笑った。「あいにく、この島には信号機がひとつしかなくてね」

「じゃあ、そこでいいです」

肯くと、まだだれも座席についていないというのに、バスは急発進した。寂れた遊園地のジェットコースターだって、きっとこれよりは親切なはずだ。

移動時間がもったいないので、私と小夜は協力してイルカの浮き輪を、ちとせはビーチボールをふくらませることにした。平たいビーチボールがみるみるうちに丸い形を取り戻す。一方、でろんと弱々しく垂れたイルカは、交互に息を吹き込んでもなかなか大きくならない。船酔いに続いて、次は酸欠で気持ち悪くなりそうだ。

「百合香ちゃん。大変そうだけど、この空気入れ使う？」

ちとせが籠《かご》バッグから平然と黄色いポンプを取り出したのを見て、感謝するよりも先に力が抜けた。そんな便利なものがあるなら、最初から貸してほしい。

「なんだそれ、サメか」

空気を取り入れて立派によみがえったイルカを、運転手のおじさんは失礼なことにサメと称した。

「イルカです」

「にしてはずいぶん目が鋭いじゃねえか」

言われてみて、改めて顔をじっくりと見る。たしかに反論できない鋭さだ。

「海に出るんならサメには気をつけろよ、サメには。噛まれたら最後、ジ・エンドだからな」

おじさんは急カーブなのに片手でハンドルを切り、縁起でもないことを口走る。前の座席をつかみながら、サメよりこのバスのほうが断然危険だと、私は確信した。

バスに乗ってから、小夜の口数がぐっと減っている。きっと「あまり変な人とは関わらないほうがいいよ」と私に訴えているのかもしれない。ちとせはちとせで景色ばかりを眺め、島の人間の馴れ馴れしさにどう接していいのか考えあぐねているようだった。

「でもその格好なら大丈夫そうだな」

「その格好?」おじさんは何を見て言ったのだろう。私はすぐ水着になれるようにと、Tシャツとデニムのショートパンツ姿だし、ちとせも小夜も似たような服装だけど、それがどうしたのだろうか。

「ボード持ってないだろ。サーフィンやるわけじゃないってことだ」

「サーフィンやると、なにか問題でもあるんですか」

「毎年あるわけじゃねえけど、ちょうど一年前に一人やられたからな。サーファーはサメに食われやすいんだよ」

「サメ？」初対面にもかかわらずどうしてそんな恐ろしいことを言うんですか、という気持ちでいっぱいになった。おじさんはきっと、さっきから私たちに意地悪をしている。蚊はB型の血を好んで吸うだとか、チョコレートを食べると鼻血が出るだとか、聞き手の不安をあおるだけの迷信を言いふらす人はよくいる。「なんでですか？」

「さあな。最近の若いやつはなんでも訊けば答えが返ってくると勘違いしてやがる。ちっとは自分で考えてみろ」

ただ会話を続けようと努力していただけなのに、なんだか私が強く知りたがったみたいで腹立たしい。

硬めのシートに深く腰かけて、到着するまで黙ってやるつもりが、ちとせも小夜も隣で「うーん」と考え込んでいるから、諦めることにした。二人が乗り気なら断れない。

「どうせおじさんは、サメは人間の肉が好物なんだよとか言って、私たちをこわがらせたいだけなんだよ」皮肉っぽく言いながら、自分でもぞっとする答えだと思った。

「そんなわけあるか。サメは本来、人を食う生き物じゃねえんだから」

むきになって振り返ってくるおじさんに、私は「ですよね」とすぐに撤回した。

「あ、ウチわかったかも」小夜の唇の間から、小さいほうの八重歯が覗く。

「これってクマとかと一緒じゃない。サーファーが遠くまで泳いできて、きっと縄張りを侵されたと思われちゃったんだよ。で、怒ったサメが襲ってきた」

「それじゃ海女《あま》さんはみんな食われてら」ひーひーと、おじさんは喉から空気が洩れているような音をさせて笑った。

小夜は悔しそうに八重歯をしまうと、ちとせに助けを求めた。ちとせはすでに眼鏡のつるを指で撫でている。

「サメが本来なにを食べているのか考えてみてよ。種類によって食べるものがまちまちだけど、イカみたいな小さい生き物から、カツオやマグロなんていう大きな魚まで食べるでしょ。つまり結構いろいろ食べちゃうんだよ。それからサーファーは波に乗る前、サーフボードにおなかをつけて、両手で掻くようにして海を進むよね。それって水中から見たら、なにかに似てないかな」

水中からの視点なんて頭の片隅にも浮かばなかった。ちとせが言っているのは、きっとサーファーのパドリングのことだろう。その様子がサメの食べる生き物にそっくりなのだとわかっていても、私の貧困な知識では、そこからなにも連想できない。

「あ、ウチ今度こそわかった。ウミガメだ。きっとサーフボードが甲羅《こうら》に見えるんでしよ」

「おお、よくわかったな。アシカやアザラシなんていう人もいるみたいだが、ま、この辺にはそんな生き物はいねえからな」

ちとせのおかげで、小夜が名誉挽回を果たした。「よっしゃ」とガッツポーズが決まったところで、突如、私は胃を放り投げられるような感覚に襲われた。咄嗟に身をこごめ、前の座席にしがみつくが、勢いよくおしりがシートに打ちつけられる。下り坂でスピードを出したせいで、車体が少し浮いたのだ。

おじさんは謝罪もなにもなく、しれっと「じゃあもう一問」と言った。

「そんなウミガメも、困ったことに間違って食べちまうもんがある。本当ならば海なんかに存在しないはずのものだが、そいつはなんだと思う」

へっぴり腰のボクサーみたいな格好で固まっている小夜の隣で、ちとせがすでに思考の海にもぐっていた。いったいどちらの反応が正常なのか、私は混乱する。

「ウミガメが食べているのは、たしか海草とか、あとは浮遊している小さな生物だよね。もともと海にないものっていうと、おそらく人間が捨てたものだとは思うんだけど」

ちとせはこれみよがしにビーチボールを弄びながら、小さく唸っていた。これはきっと、優しいちとせが私にもきちんと得点できるようにと、ゴール直前でパスをくれたとしか思えない。私は答えた。

「おじさん、ひょっとしてビニール？　ほら、このビーチボールみたいに半透明だと、ちょっとクラゲっぽく見えるし」

「なんだよ、意外と頭が切れるじゃねえか。そのとおり。ウミガメは海に漂うビニール袋なんかをクラゲと勘違いして食べちまうんだ。当然、窒息して死んじまうがな」

おじさんがまた興奮してこっちを向いてくる。私が慌てて「前、前、前」と叫ぶと、そこで急ブレーキが踏まれた。対処しきれず、体がつんのめる。

「よーし、着いたぞ。存分に遊んでこい。ここでバスツアーは終了。ジ・エンドだ」おじさんは真っ白い歯を見せて、ひーひーと笑っていた。

バスから降りた私はへとへとだった。かなり乱暴な運転だったけど、なんとなくおじさんの伝えたかったメッセージがわかった気がした。

きっと私たちのような若い人に、もっと海のことを知ってもらいたかったのだ。人間が捨てたゴミを食べてウミガメが死に、減ってしまったウミガメなどの代わりに人間を襲ってしまうサメが、ますます増えていること。もちろん、理由はそれだけではないかもしれない。でも、ほんの数分間で自分のモラルを見直す良いきっかけになったな、なんて思いながらバスを見送った。

膝に手をついて立っている小夜に、私は白々しく声をかける。

「ねえ小夜、あんたちょっと痩せたんじゃない?」

「ウチもそう思うわ」

元気を根こそぎ奪われたような顔をして、小夜はふふっと微笑んだ。私もふふっと真似をして笑った。

「二人とも、ほら海だよ」

バスに乗る前までは一番バテていたはずのちとせが、いまでは一人駆け出して写真を撮っている。ビーチサンダルを脱いで、砂浜に真新しい足跡を残すちとせを眺めながら、私は謝らなきゃと思った。

一週間前、私の部屋でクイズ番組を見ていたとき、私が大人気なく「ちとせばっかりわかっちゃうから、面白くない」と言って、チャンネルを替えてしまったことがあった。おそらくそのことを気にしていて、あからさまなヒントをくれたのだろうか。

そんなことしてくれなくても、私は十分楽しいのに。

「ちとせ」私が名前を呼ぶと、ちとせが無邪気な笑顔をこちらに向けた。だけど、ここでいきなり謝るのは変だと考え直し、私は相応しい言葉を選びなおした。

「さっきは」

4

「……あ、ありがとう」

紐で括っているうちに肘が当たり、私はゴミの山を崩して床に散らかしてしまった。これじゃ役に立たないどころか足手まといだ、と自分自身に憤っていたら、無言で木嶋が手を貸してくれた。

たらこ唇を引き結んだまま、ただ黙々と、教材やプリントを拾い集めている。

「二人とも大丈夫?」とちとせに訊かれたが、私は「うん、想定の範囲内だから」という、想定の範囲外のことを言ってしまった。まさか木嶋の紳士的な一面を知ることになるとは思わず、少し困惑していたのかもしれない。木嶋の左手には、ちとせの大好きな『キラキラ100%』の第一巻がある。

私がこのマンガをちとせから薦められたのは、たしか小学六年生のときだった。

私は人並み以上に流暢《りゅうちょう》に音読ができるせいか、困ったことに、人よりも読解力が低いという自覚のないままに進級し続けた。

たとえば二年生の国語で習った『えいっ』は、くまのお父さんが本物の魔法使いなのだと信じていたし、三年生の『つり橋わたれ』に出てきた着物の男の子は、ただの友達の変装だろうと疑わなかった。

そんな中、とにかく難解でお手上げだったのは、六年生で登場した『赤い実はじけた』という作品だ。主人公の少女がふいに恋をする描写を「赤い実がはじけた」と表現しているのだけど、私はそれを額面どおり受け取っていた。木苺やさくらんぼに、爆竹が仕掛けられたと思ったのだ。

「赤い実がはじけるって、説明されれば美しい表現だけど、でもやっぱり大人の考えた、大人のための文章って感じがするよね。私なら、胸がむずむずするとか、くすぐったいとか、そういうほうがわかりやすい気がするんだけど」

私のくだらない相談ごとに、ちとせは一生懸命に悩んでくれた。

「言葉って、案外不自由だったりするからね。万能なものだと思っていると、結構すれ違ったりするから」

「へえ。ちとせって、なんか大人みたいなこと考えてるんだね」

「そうじゃないよ」ちとせは周囲の目を気にしつつ、ランドセルから一冊のコミックを取り出した。

「私、大好きなコミック読んでるときによくそういうことを思うの。きゅんってする気持ちがよくわかるし、よかったら百合香ちゃんもどうかな」

　こうして渡されたのが『キラキラ１００％』だった。不思議なことに、カバーは新品みたいに光沢があって帯までついているのに、本自体は使い込んだ歯ブラシの毛先みたいにがばっと開いていた。どれだけ読み返したらこうなるのか見当もつかない。でも、それほど大切にしている宝物を貸してくれたことが嬉しくて、私は胸がくすぐったくなった。同時に、こんなことで胸がくすぐったくなるようでは、やっぱり「赤い実はじけた」は赤い実じゃないとダメなのだなとも思った。

「ねえ木嶋。あんた手に持ってるその本、読んだことある？」

　私が訊くと、木嶋はぴたりと動きを止めた。声の出所をたしかめ、それから音の意味をひとつひとつ嚙み砕いて理解するみたいに時間をかけたあと、手元の本に目を落とす。

「僕、少女コミックなんて読まない」

　ぶすっとした言い草が、転校してきたあの頃の木嶋となんら変わりなくて、私は安心した。昔のまま変わらずにあり続けるというのは、思っているよりも難しいことだ。

　そのせいで、私はもう一人、記憶の奥底に沈んでいた別の顔を思い浮かべた。

　それはあの夏、あの島にいた男の子。名前も知らないのに、どことなく木嶋の幼少期を思わせる、生意気で無愛想な少年だった。

5

一昨日、眠れない布団の中で想像していた光景とはまるで別物だった。

見上げると一面、ため息の出るような曇り空。熱い太陽も焼ける砂浜もなければ、ビーチボールなんて持ってきたことを後悔するくらいに風が強い。舞い上がる砂粒が目に入るし、肌に当たればちくちく痛くて、なんだか小人の兵隊に攻撃されているみたいな気持ちになる。おまけにビーチは閑散としていて、きゃっきゃと盛り上がっているのは、貝殻を拾い集めているちとせだけだった。

私はさっき、感謝の言葉を寸前で飲み込んだ。ちとせはバスの中で私に気を遣ってくれたものだとばかり思っていたけど、ただ単に、人見知りだったからバスで正解を言わなかったということに気付いたからだ。

「せっかく新しい水着買ったのに、周りに男の人がゼロとなると、なかなか白けるもんだね」

小夜は花柄のビキニをつまんだり、引っ張ったりしながら、「あーあ」と嘆いていた。フリルにラインストーンをあしらっている芸の細かさをみれば、小夜の力の入れ方がわかるというものだ。

「大丈夫だよ。いたとしても、だれも中学生なんかに声なんてかけてこないから」と返事をしつつ、小夜なら声をかけられてもおかしくないよな、とも考える。小夜は有名人になりたくてよく芸能関係のオーディションを受けている。下校途中、知らない大学生からお茶に誘われたり、行きつけのコンビニで店員に電話番号が書かれた紙を渡された経験があるほど、年上の男の人に受けが良い。完全に大人びているわけではなく、かといって子ども特有のあどけなさも失っていないから、瑞々しさと同時に色気を感じさせるのだ。

とはいえ、喋ってみればかなり幼いのだけど。

「えー、もったいないじゃん。百合香なんて、出るとこ出てるし、いいプロポーションなのに」風になびく髪に手を添えながら、小夜が言った。「だけど別に声をかけられたいわけじゃなくてさ、ほら、ウチは演劇部でしょ。だから観客のいない舞台は嫌いなんだよ。プールは稽古《けいこ》、海は本番って感じするじゃん。今日はその本番なんだって」

小夜の言いたいことは私もよくわかる。実は子どもたちだけで旅行をしたかった理由のひとつには、大人の気分を先取りしたいという気持ちがあったからだ。なんというか、大人と一緒に行動しているうちは、私はいつだって子どもでいなければならなくて、周りも子どもだと決めつけて接してくる。そんな環境がずっと窮屈でたまらなかった。少しでもいいから大人に近づきたい。だから小夜のことをなんだかんだ言いつつも、私もねだりにねだって大人っぽい黒のビキニを新調したのだ。

「ねえ百合香ちゃん、イルカ貸してよー」

ちとせが駆けてきた。赤地に白のドットが映えるビキニ姿が、実にちとせらしい。ちとせの水着は、デニーマウスのリボンと同じ模様なのだ。

「あっ、百合香ちゃんの水着も可愛いね。ここにチョウチョがいる」

ちとせは私の左胸を指差した。そこにはワンポイントとして、白いアゲハ蝶が描かれている。幼稚に思われないよう、大胆にホルターネックのビキニを選んでみたのに、だれにも見られないというのはたしかにさみしい。

「変なの」小夜が言った。「百合香ってゴキブリはダメなのに、蝶なら許せるんだ」

「だって蝶はひらひら舞ってキレイだけど、ゴキブリはせかせか歩いて素早いじゃん」

「じゃあ蝶があの姿のまま、地上をすばしっこく歩き出したら気持ち悪いってわけ。ウチはそれ、差別だと思うな。ゴキブリだって同じ昆虫なんだから、仲良く接してあげないと」

「仲良くって言われても」差別なんて言われると、返す言葉がない。でも、努力したところでゴキブリを好きになることはできそうにないし、彼らを避けてしまうのは自然な感情だと思う。好き嫌いは理屈でどうこうなるものでもない。というか、それ以前に私はなぜ責められているんだっけ。

「そういえばさ……たしか小夜もゴキブリを怖がってたよね？」

私はフェリーの中で、長いまつげを震わせていた小夜を思い出した。

「あ、バレた？」小夜が片目をつむって、ぺろっと舌を出す。「ウチも蝶がせかせかその辺を歩く姿を想像してみたけど、やっぱり気持ち悪かったわ」

こんなくだらない言い合いをしているうちに、目つきの悪いイルカを抱えて、ちとせが砂浜を走っていった。私は夏休み満喫モードに切り替えて、サンダルを脱いで駆けた。

「待ってよ」叫びながら追いかける。言ったあとで、なんだかドラマにありがちなフレーズだなと気付いて笑いがこみ上げて来た。

ちとせが海の中をぐんぐん進むので、私も進む。水を吸った砂が、足の指の間をところてんみたいにぐにゅっと抜けていく感触が、気持ち悪いのに心地いい。白波が引くと、無数の泡が海に戻る手段を失って、その場でぱちぱちと消えていった。

太陽が隠れているせいで、海は肩まで浸かるのをためらうほど冷たかった。だけどちとせがイルカを使ってバタ足を始めたので、私も急いで水中を蹴る。入ってしまえば、案外海の冷たさは大したことなく、むしろ砂浜にいるより温かいくらいだった。

ちとせが体勢を変えてこちらを見たとき、私ははっとした。ビーチに留まっている小夜も同じことを考えたらしく、手でメガホンを作る。

「ちとせー、あんたゴーグル忘れてるよー」

ちとせはしまった、という顔をした。眼鏡をしたまま海に入ってしまったことで頭がいっぱいのようで、手にしたイルカから注意が逸れている。

そのとき、目を開けていられないような強風が海の上を駆け抜けた。

「ああっ！」三人とも、買ったばかりのソフトクリームを落としてしまったときのような声がもれた。

イルカが風に飛ばされたのだ。私は慌ててクロールで追いかけたけど、まるで追いつかない。イルカは海面を滑りながら転がり、ごろんとお腹を見せたり、尾びれで立ち上がったり、水族館なら拍手喝采されそうなアクロバティックな動きを見せながら、遥か先まで行ってしまった。

「百合香ちゃん……どうしよう」ちとせはいまにも泣きそうだった。私もどうすることもできず、かける言葉が見つからない。

「二人とも、ビーチに上がってなさい」

いきなり真横をカヌーが通り過ぎ、私は驚いた。とにかくその言葉に従わなきゃと、ちとせを連れてビーチまで泳ぐと、小夜が説明してくれた。

「あれ、ライフセーバーの人だよ」

見れば、一円玉ほどに小さくなったイルカに、同じくらい小さなカヌーが迫っているところだった。

ライフセーバーが、カヌーから日に焼けた黒い腕を伸ばす。また風が吹き、イルカが威嚇するみたいに頭をぐうんと空に向けた。それを、今度はパドルを使って海に押し付ける。イルカが首に縄をつけられたかのように、急におとなしくなる。そのまま引き寄せて、ライフセーバーがもう一度手を伸ばすと――。

「捕まえたっ」

感激のあまり声が出た。ライフセーバーの人も、まるで大物の魚でも釣ったみたいに、遠くでイルカを掲げている。

「よかった。百合香ちゃん、ホントにごめんね」ちとせに眉をハの字に下げられて、私はイルカの浮き輪が自分の持ち物だということをようやく思い出した。

「全然気にしないでよ。ほら、もうイルカはちゃんと戻ってくるんだから」

イルカを引き連れたカヌーは、もうすぐ近くまで来ている。小夜は勇敢なライフセーバーの姿にうっとりとしていたけど、私は止まない風のせいで、砂浜に置いてきたままの荷物が心配になった。もしかしたら飛ばされてしまうかもしれない。

「ちょっと荷物見てくる」

そう言い残して戻り、念のため荷物を一ヶ所に寄せた。海に向き直って立ち上がろうとしたその瞬間、振り向きざまに心臓をもぎとられるような、奇妙な感覚に襲われた。慌てて胸に手を当てると、生温かいヒトデのようなものが左胸を圧迫している。

「ひゃっ」

手で払うと、ヒトデはいとも簡単にはがれた。突然の出来事に呆気にとられたあと、砂浜に目をやると、目線の先で逃げていく姿がある。いまのがヒトデではなく、だれかに胸を触られていたのだと気付いたとき、頭が一瞬真っ白になった。

「なんなの!」

こわいとか危ないとか考えるより先に、怒りがこみ上げてきた。私はつま先で砂浜を蹴り、全速力で痴漢を追いかけた。文句を言ってやらないと気が済まない。

幸いにも、相手はペンギンみたいにパタパタと走っていて足が遅かった。風に飛ばされたイルカのように、絶対に追いつかないほど距離が開いていたはずが、着実に差が縮まっている。もう手を伸ばせば肩をつかめるだろう。というところで、ふいに追い抜いてしまった。ビーチサンダルの鼻緒が切れて、相手が転んだのだ。

「だ、大丈夫?」

文句を言うはずが、私は親切にも痴漢を引き起こしていた。びっしりと砂のついた額が、立ち上がった私のおへその位置にある。私の胸を触って逃げたのは、幼稚園児くらいの小さな男の子だった。

「やめろ、はなせよー」

男の子は自分のしたことを謝りもせず、むしろ私に非があるかのごとく大声で叫びだした。

「あんたねえ」私がすーっと息を深く吸い込んだときに、「すみませんすみません」と小太りのおじさんが駆けつけてきた。

「あの、大丈夫でしたか?」

おじさんはぴったりとしたTシャツの上からカメラを下げ、汗で脇の下をぐっしょりと濡らしている。

「息子がとんでもないことをしてしまったみたいで、本当にすみません。ほら、おまえも謝って」

どうやらこのおじさんが父親らしい。謝罪を促された子どもは唇を歪め、背中に隠れて「やだやだ」と駄々をこねている。

「だ、大丈夫ですよ。そんな。ただびっくりしただけなんで」私は警戒し、憤りながらも、そう言わざるを得なかった。いくらなんでも、堂々と親の前で子どもを叱りつけるわけにはいかない。

「なにがあったの？」と言いながら遅れて合流してきた小夜とちとせに事情を説明すると、小夜は母性溢れる笑顔で「ぼく、いくつなの？」と子どもに訊ねた。

「その、うちの子は今年で四歳になるんですよ」代わりに答えたのは父親だった。「本当にすみません。私が目を離していたばっかりに」と、しきりにラードで固めたようなてかての頭を下げている。反省しているようにも見えるが、早くこの場から離れたいと焦っているようにも見えて仕方がない。

「ぼく、悪くない」への字に口を曲げた男の子の表情に、私は見覚えがあった。小学生の頃、転校してきた無愛想な男子が、よくこういう顔をしていたのだ。そんな風に考えていると、だんだんこの子どもまで生意気に思えてくる。私は「この子は別人」と自分に言い聞かせた。

「もしかして旅行ですか？」戻ってきたイルカを脇に抱え直し、ちとせが訊ねた。

「え、ああ、はい、そうですが……」父親がうろたえている。質問の意図がわからないのだろう。私にもわからない。でも人見知りのちとせから話しかけるなんて滅多なことではないから、きっと私と同じ「疑い」を持っているのかもしれない。

「いえ、大したことじゃないんです。ただこの島の人ってみんな肌が黒いので、きっと私たちと同じく外から来た人だと思ったんです。もしかして今朝のフェリーでここへ?」

小太りの父親は二の腕で額の汗を拭いながら、「ええ、そうですそうです」と肯いた。

「ちょうど一年ぶりにこの島に来たんです。今日の海を、こいつに見せてやりたくて」父親はさきほどからキョロキョロと目が泳いでいる。それが、いったいどうすればここから逃げられるのかという突破口を探しているように思えた。

「ぼく海なんて嫌い。海が好きなのはママだよ」男の子の口調は怒っていた。ふっくらとした頬がぴくぴくと震えているあたり、歯を食い縛っているのかもしれない。

「ママ?」そう訊ねると、子どもは「あっち」と海を指差した。

強めの風にあおられて、ほんの少しだけ海が不機嫌になっている。泳いでいる人なんて一人もいない。どこにいるのか詳しく訊ねようとしたところで、子どもはわずかに砂浜に押し寄せてきた波に、怯えたようにびくりと体を震わせ、さっと手を下ろす。

「いや困ったな。私と違って、妻は仕事が忙しいものだから今日は来れなくてね、まだ本土にいるんですよ」父親は子どもの言葉を引き取った。「すみませんね、ホント」と頭に手を置く。左手の薬指には、たしかに指輪がはまっていた。

「いえ、別に謝られることは……」私は首を振る。でも、謝られることはないと認めてしまった以上、もう引き止めておくのは難しい。

「子どもにはきつく言い聞かせておきますから。本当にすみませんでした」

ほら、行くぞ。父親が鼻緒の切れたビーチサンダルを拾い上げ、子どもを担いだ。私はなにか理由をつけて呼びとめようとしたが、うまい言葉が見つからず、結局取り逃がした。父親の肩の上に顔を載せた子どもが、去り際、私を見てなぜか涙ぐんでいるように見えた。

「あ、ライフセーバーの人」小夜が言った。

ビーチを横切って、色黒のライフセーバーがさっきの親子のところに向かっている。そうか、あの人に頼んで注意してもらえばよかったんだといまさら思いつくが、なぜか丁寧に頭を下げて挨拶しているのは父親ではなく、ライフセーバーだった。

「もう、サイテー」私は首に下げられたあのカメラを見たときから抱いていた疑念を、二人にぶつけてみた。「ねえ、どう思う? あのお父さん、たぶん子どもを使って破廉恥な写真を撮ってる人だよ。盗撮だよ。私が勇気を出して、ちゃんと訴えればよかった」

「百合香、カメラを下げてたからって、そうやって人を見た目で判断しちゃいけないよ。姿かたちでゴキブリを嫌ったらダメだって、ウチら話したばっかでしょ」

同情してほしかったのに、なぜだか小夜に説教をされた。

「小夜だって嫌いじゃん、ゴキブリ」

「それとこれとは違うって」引き合いに出したのは小夜なのに、おかしな理屈だ。「とにかく、ウチは盗撮なんかじゃないと思うな。だってこっそり撮りたいなら、こんなだれもいないビーチを歩かないでしょ。私は盗撮してますよって、言いふらしてるようなものじゃん。だからあのお父さん、純粋に息子が一人で海に走っていった微笑ましい光景をカメラに収めたかったんだよ」

「ウソだね、納得できない。だってあの男の人、すごく挙動不審で、怪しかった」

小夜は外国人みたいに肩をすくめて、やれやれと首を振った。

「あの状況ならだれだって、痴漢や盗撮に間違われないかとひやひやするよ。本当に違う人だったら、なおさらだね」

歯がゆい。なんで被害者の私が考えを改めなければならないのだろう。これだから、痴漢をされても泣き寝入りしてしまう人が絶えないのだ。

「じゃああの子、なんで私の胸を触ってきたの。お父さんに指示されたとしか考えられないんだけど」

「よし、ウチが断言しよう」小夜はまるで舞台の上で探偵役でも演じているみたいに、大げさに人差し指を立てた。「百合香、子どものビーチサンダルどういうのだったか見てた?」

私が首を振ると、小夜は口元から、大きいほうの八重歯を覗かせた。

「実はウチの従弟も好きなんだけど、あれ、子どもたちの間で流行ってる『ムシっ子キングダム』ってやつなんだよ。つまりあの男の子も、昆虫好きと見た」

「だからどうしたの」

「どうしたのって」まだ気付かないの、という風に小夜が私の胸を指す。「百合香の水着に思いっきりいるじゃん。左胸に大きなアゲハ蝶が」

黒いビキニの左胸。たしかに大きなアゲハ蝶が羽を広げている。

「つまり男の子はそれを捕まえようとしただけだよ。だから胸を触ろうなんて気持ち、これっぽっちもなかったわけ」

「そんなんじゃないって」虫を捕まえるなら、あれほど力強く胸に衝撃を感じることはなかったはずだ。いくら従弟とよく遊ぶとはいえ、小夜は子どもに甘すぎる。

一連の話を踏まえて、果たしてちとせがどんな結論を導くのか気になって顔を向けてみると、彼女はずぶ濡れになった眼鏡を拭いていた。左手に眼鏡、右手にタオルを持って、一生懸命にこすっている。私はついさっきまでのちとせの姿を頭に浮かべ、思わず「あれ」と口にしていた。

「ちとせ、イルカは？」

ちとせは口元にタオルを当てた。まるで電車の網棚に、バッグを置いてきてしまったときのような表情だった。

「ごめん百合香ちゃん、イルカさん、また風で飛んじゃったみたい」

縄を解かれ、海面を自由気ままに転がる目つきの悪いイルカは、ライフセーバーと、これから二度目の格闘をしようというところだった。

6

「そういえば訊きそびれちゃったんだけどさ、あのときちとせはどう思ってたの？」

通信教材を紐で括る作業をすべて終えると、気持ちに多少の余裕ができた。私はしわくちゃのブラウスを畳んでいるちとせに「痴漢盗撮事件」について訊ねてみた。もちろん、私にとって不名誉な真実が明るみに出るのであれば、聞かないことを約束した上での話だ。

「花瓶の事件」みたいに、これ以上自分の気付いていない失敗を知りたくはない。

「どうかなあ。百合香ちゃんにとっていい話でも悪い話でもないような気がするんだけど……」

「じゃあ聞くよ」そういう曖昧な言い方が、一番気になる。多少の不安はあるが、ちとせもあの親子を疑っているみたいだったし、胸を触られたことも、水着の写真を撮られたことも事実には変わりない。

ちとせはブラウスを段ボールに詰めたあと、ぱっぱっと手をはたいた。指先は未だに青い蛍光ペンで汚れている。

「これは勝手な憶測だけど、私、あのお父さんはウソをついてたと思うんだ」

それは私も直感的に思っていた。「ああ、子どもが海好きってことでしょ。あの子、海を見て怯えてたし、本気で海を嫌がってたよね」

「正確には『今日の海を、こいつに見せてやりたくて』って言ってたんだよ」ちとせは眼鏡をずり上げた。「私、それは本心だと思うんだ。ただ奥さんは仕事が忙しくて一緒じゃないっていうのは奇妙じゃないかな。だって、私たちと同じくあの日、幼稚園も夏休みになったばかりでしょ。お父さんは、自分と違って奥さんは忙しいという言い方をしていたし、つまりそれは比較的、融通の利く仕事をしてるってことだよね。だとしたら二人とも時間はあるのだから、普通、忙しいお母さんの都合のいい日程に旅行を変更しないかな」

言われてみればそうだ。海が好きであるはずの「ママ」をわざわざ連れて行かないなんて不自然だ。

「でも日程は変更しなかった。というより、できなかったのかも」

「まさか別居中とか？」私が思い付きで言うと、ちとせは静かに首を振った。

「あのお父さんは結婚指輪をしてたよ。別居中はかなりの夫婦が指輪を外すっていうから、ちょっと考えにくいかな」

「別居じゃないとすると、病気とか？」

「病気なら、ますますお母さんを置いて旅行なんか行かないよ」

「でも『今日の海』って言ってたんだから、どうしても今日じゃないとダメな特別な理由があったんじゃないの。で、仕方なく置いてきた」

「置いてきてはいないけど、特別な理由があったのはそのとおりだと思うよ。お母さんの居場所を訊ねたとき、子どもはなんて言ってたか覚えてる？」ちとせは立てた人差し指を、デッキーの時計に向けた。「海に向かって『あっち』って言ったんだよ」

「覚えてるよ」小さな指は、ママのいる遥か向こうの本土を指差していた。実に子どもらしい発想だ。

「それを私たちは、あのお父さんに言われて『ママは遠く離れた海の向こうにいる』という意味に捉えたけど、本当はそうじゃなくて、『ママは海にいる』というそのままの意味だったとしたら？」ちとせが意外なことを口にした。あのときだれも泳いでいなかったことは、ちとせも確認したはずだ。それなのに、子どもが海を指しているのだとしたら。

「まさか、潜ってたの?」

ちとせはなにも答えなかった。でも核心に迫るにつれ、声のトーンが落ちている。いまさらになって、この「痴漢盗撮事件」のことを興味本位で聞いてよかったのか心配になってきた。

「百合香ちゃん、あの日は特別な日だったんだよ。バスの運転手さんがこう言ってたよね。『ちょうど二年前に一人やられた』って」

「やられた……」その瞬間、テレビでしか見たことのないような恐ろしい光景が頭を過る。海面からはみ出した黒いヒレが、猛スピードで人間に突進してくるところを。

「あのとき、私が百合香ちゃんのイルカを風で飛ばしちゃったでしょ。それでライフセーバーの人が頑張って連れてきてくれたんだけど、その姿って、ビーチから見たらなにかに似てないかな」

バスの運転手は、空気入れで膨らませたイルカをこう言ったのだ。「サメ……」

ちとせはゆっくり首肯した。

「そう。あの男の子は、海からサメが来たと思ったんだよ」

「ちょっと待って、それはおかしいよ。だってサメが来たら、普通海とは逆方向に逃げるでしょ。それなのに海を嫌いな男の子が、海岸にいる私のところまで来たんだよ」

「全然変じゃないよ。だってあの男の子は百合香ちゃんを助けようとしたんだから」

「助ける？　私を？　なんで？」しゃぼん玉ができるみたいに、疑問符がぽんぽんと飛び出てくる。頭が混乱して、とても手に負える数じゃないように思えたけど、ちとせはたった一撃ですべてのしゃぼん玉を割ってみせた。

「きっと百合香ちゃんのこと、お母さんと勘違いしたんじゃないかな。お母さんはたぶん、一年前にサメに襲われたサーファーだったんだよ。その一周忌として、お父さんは子どもを海に連れてきたんだ」

私の頭の中で、記憶していた情景が、まるでオセロみたいに次々と裏返っていく。だからライフセーバーの人は親子を注意せず、丁寧に頭を下げていたのだろう。きっと一年前のことを知っていたからだ。

「……でも、どうして私と勘違いしたんだろう。あの場には私と小夜とちとせの三人がいたんだよ。まさか私がお母さんに顔が似てたとか」

「そうじゃなくて……」気軽な調子で訊いたつもりが、ちとせは言いづらそうに口をもごもごさせた。「あのね、早くにお母さんを亡くした子って、女の人に抱かれたりすると、さみしくなってつい胸を触るらしいの。なんていうか、その……胸がお母さんを思い起こさせるその象徴的な部位なんだと思う」

「胸？　それがどうして」

「ほら、その」ちとせの頬が、ほんのりと桃色に染まる。「百合香ちゃんの胸って、昔から他の人と比べても膨らんでるし、目立つから」

「……なに、それ」ちとせが妙に口ごもるので身構えていたのに、とんだ肩透かしだった。

私はジャージの襟元をつまんで、胸元を覗いてみた。ちとせが最初に宣言していたとおり、「痴漢盗撮事件」の真相は、私が傷つくようなものではなかった。私が変態だと決め付けていたおじさんは、小夜の言っていたとおり本当に息子の写真を撮っていただけだったし、生意気でちょっぴりませた子どもだと思っていた男の子も、痴漢ではなかった。

第一印象というのは本当にあてにならないものだ。旅行中でも日常でも、ちとせといると、私はいつも自分の視野の狭さに気付かされる。去り際、私を見ていた子どもの涙ぐんだ目に、まさか亡き母親の姿が映り込んでいたなんてこと、私は想像もしていなかった。そうと知っていれば、もう少し優しい言葉をかけてあげられたかもしれないし、生意気だなんて思わなかったかもしれない。私はあのときからすでに、ちとせみたいに物事を純粋に捉えられる心を失っていたのだ。

母親に間違えられたこと自体は悪い気はしないけど、でもその原因がこの胸の大きさだけだったとなると、正直ため息が出る。小夜は「姿かたちで判断しちゃいけない」みたいなことを言っていたけど、そこそこ見た目も大事だ。相手を判断するときは重要でなくても、自分がどう見られているかは知っておいたほうがいい。

「新巻さん、お、終わった」

ほとんど一時間ぶりに聞いた木嶋の声はひどく裏返っていた。まるで自分の存在をわざと周囲に知らせるような、不自然さを感じる。よく見れば、木嶋の耳はサルのお尻のように真っ赤だった。

そういえば、この部屋に男がいることを忘れて、明け透けにものを言いすぎたみたいだ。私は襟元をつまんでいた指を離した。正直、木嶋にはちょっと刺激的な話だったかもしれない。

木嶋は私が学習机の上を片付けていた間に、コミックはおろか、持参のドライバーでカラーボックスまで解体済みだった。トラック競技なら、私はもう周回遅れだ。

「木嶋、ちょっと待って。次はこの学習机の解体だったよね。いま机の上のものをどかすから」

言いながら、えんやこらと机から荷物を下ろしていると、かすかに、聞き慣れないカラカラという音が聞こえた。机に耳を当ててみたが、発信源はここではない。まるで長年油を差していない換気扇のような音だ。

耳を澄まさなければ気付かないような小さな音だけど、どうやら木嶋も気になったらしく、虫の羽音を捉えたイグアナみたいに首を伸ばしている。音の方角は、おおよそ本棚のほうだろうか。

「二人とも大変、もう三時だよ」

突如、ちとせがわざとらしく手を叩いた。デッキーの時計はちょうど三時を指し示している。だからといって慌てるほどのことではない。引越し作業はようやく波に乗ってきているし、ここからエンジン全開でいけば、なんとか明け方には終わるはずだ。いったいどうしたのだと訊ねると、「百合香ちゃんも木嶋くんも、そろそろご飯にしなくちゃ」と保育園のお姉さんみたいな口調で言われた。

「え、こんな夜中に？」

「だって寝ないで働くんだから、しっかり栄養取らないと倒れちゃうよ。お母さんに準備してもらってるし」

絶対に食べなければいけない決まりではなくても、指摘されるとさすがに空腹が気になる。なんだか序盤から休んでばかりだけど、夜食を摂らなければ元気が出ないのはたしかだ。

またカラカラと奇怪な音が鳴ったところで、「さあさあ、二人とも、先にお店に下りててよ」とちとせに背中を押され、強引に部屋を追い出されてしまった。

「その間に私、捨てるものをまとめておくから」と告げられたが、どうも妙だ。木嶋が「僕、手伝う」と申し出たのに、断る意味もわからなければ、これほど強引なちとせも見たことがない。

戸惑いつつも、考えられる理由はひとつだけ。

ちとせは作業中、私たちに見られては困るものを見つけたのだ。それを隠すため、私と木嶋に急な夜食を勧めた。

卒業アルバムに載っていた柳井拾希の顔を思い出し、私は閉ざされた部屋の扉を見つめた。このままでは、大事な証拠を処分されてしまうかもしれない。

「早く下りて」

唇を突き出した木嶋が、背後に立っている。

「わかってるよ。いま下りるって」やっぱり木嶋の存在が邪魔だ。私はやむなく狭い階段を下りながら、どうにか部屋に戻れる策はないかと考えを巡らせていた。

第四章　空港とチンジャオロース

I

たとえるなら、「変」という字が百個並んだ中に、一つだけ「恋」という字が紛れているような状況だ。その中から「恋」の一文字を見つけるのは、思ったよりも難しい。端からしらみつぶしに探したり、俯瞰《ふかん》して直感に頼ってみたり、方法はさまざまあっても、たいていはどれも時間がかかる。見つけられずに諦めることだって少なくない。

柳井拾希は、私の通っていた中学のなかで一際輝いていたというわけじゃない。意外とハンサムだ、と噂されることはあったにしても、そこら中の女子がすれ違っただけではしゃぐような対象ではなかったし、どちらかといえば、昼のふくろうみたいに目立たなくて、静かなほうだったと思う。私自身、とくに親しく喋る間柄でもなければ、思い返してみても、成り行きで下校を共にしたことが二、三度あるだけ。にもかかわらず、卒業して三年が経ったいまでも、私のなかに彼の印象が強烈に残っているというのは、正直、不思議だ。

当時の私は、「だれが見たってあの子がイケてる」といった、活発でアイドルめいた男の子が好きだった。実際にそういう相手と付き合ったこともある。だけど柳井拾希とは三年生のときしか同じクラスではなかったし、廊下でぶつかって、はっとときめくような出会いをしたわけでもない。一目惚れでもなく、長い間、ごく普通に学年の中の一人という認識でしかなかったのだから、考えれば考えるほど、本当にどうして恋心を抱いたのかわからなくなる。

でもきっと、その理由がわからないからこそ、私は余計に知りたいと望み、日を追うごとに彼に惹かれていったのかもしれない。

私は意図していたわけじゃなく、偶然に見つけてしまったのだ。一度見つけてしまえば、どうしていままで気付かなかったのかと首を傾げるほどに、彼が集団の中から際立って見えてしまう。

全校集会でも、体育の時間でも、いつしか素朴でまっすぐな柳井拾希の姿を目で追いかけていた。正確に言えば、「視界に入っている」ということを強く意識するようになった。そのうち彼の視界にも入ることがあるんじゃないかと想像するだけで、胸がどくんどくんと狂おしいほどに脈打った。

卒業後も異様な胸の高鳴りは鎮まらないどころか、ひどくなる一方だった。まるで、通りがかりに見つけた好みのバッグが、買いに行ったときにはもう売れてしまっていたときみたいに、バッグを提げた人を見かけるたび「もしかしたらあのときのバッグなのでは」という気持ちばかりが膨れ上がって、抑え込むのに苦しんだ。

そして今日、卒業アルバムのせいでその苦しみははっきりとよみがえった。柳井拾希の第二ボタンを奪ったのは本当にちとせなのか。たしかめないかぎり、私の心に平穏は訪れない。

さっきから思考は堂々巡りしていた。初めから結論は出ているのだから、どこから出発しても答えなんて変わらないのに、私はただ、いまからしようとしている後ろめたい行為に、なんでもいいから正当化できる理由をこじつけたいだけなのだろう。

証拠を消されないうちに、早く部屋に戻らないと。

「……ちょっとトイレに行ってくる」

私は遠慮がちに席を立った。考えていることを悟られないようにとなんでもない風を装う。正面に座る木嶋は、そんな私に興味を示すこともなく、ただじっと手の爪を眺めていた。

聞こえていないのかもしれないけど、だとしたらなおさら都合がいい。

油っぽい床で滑らないように、慎重に、かつ足早に席を離れる。息の詰まるような居心地の悪さに、私は木嶋との間に滞る沈黙ばかりを強く意識していたが、実際、厨房はまだ明るかった。普段ならとっくに営業が終わっている時間にもかかわらず、引越しの手伝いに来たのだからと、ちとせのお母さんはわざわざ厨房を閉めないでいてくれたのだ。

ちとせの家は一階が中華料理店、二階が生活スペースになっている。店名は『千歳一遇』で、由来はよく知らないけれど、きっと一人娘の「ちとせ」の名前にちなんで付けられたのだろう。

私はトイレを装って厨房の裏へと回り込み、すぐそばの赤いのれんをくぐった。二階へと続く扉の、少しだけ錆《さび》の浮いたドアノブに手をかけ、一瞬立ち止まる。

なんと言ってちとせの部屋に戻るか、まだ決めていなかった。「手伝う」と申し出た木嶋は断られたのだから、「携帯取りに来た」と言おう。それならちとせだって拒むわけにはいかないはずだ。

よし、と決断し注意深くドアノブを捻る。はしごのように伸びた急な階段が現れた。私は息を止めた。

見当を付けているのは、もちろんローテーブルの中の小箱だ。小さいボタンをしまっておくには最適だった。もしあれがなくなっていたら、さりげなくこう訊こう。

そういえばここに小箱がなかったっけ、と。

「そっちじゃない」

びっくりして、舌を呑み込みそうになる。振り返ると、爬虫類のような目がじろりと私を睨んでいた。木嶋だ。

「トイレ、あっちにあるから」

「わ、わかってるよ。その前に、一言ちとせに断っておこうと思っただけ」

あまりにもへたっぴな嘘に、自分でも額から脂汗が滲むのがわかる。木嶋は三秒ほどたっぷり私を見つめたあと、黙って席へと戻っていった。

私は観念し、脱ぎかけていた靴を履きなおして扉を閉めた。木嶋の目は、まるで「君がしようとしていることはよくないことだ」と警告しているように感じられた。いや、本当は私が深読みしているだけで、木嶋はなにも考えず、単純に間違いを指摘しただけかもしれない。だとしても、おかげでちとせの部屋に入りたいという衝動はすっかり失せていた。

冷静になってみれば、急ぐ必要なんてなかったのだ。部屋に戻って小箱が消えていたら、そのとき訊ねればいい話なのだから。

木嶋にはトイレに行くと嘘をついたけど、実は正解だったのかもしれない。ちとせの埃だらけの部屋で作業をしていたせいで、両手がまっ黒だった。これは念入りに手を洗っておかないと食事なんてできないな、と木嶋に感謝すらしたくなった。

2

邪念が吹き飛ぶと、それに抑制されていただけだったのか、急におなかの虫がぐうぐうと鳴きだした。料理の注文を終えても、ちとせはまだ一階に下りてこない。だけど、もはやいつまでも沈黙のままではいられなかった。

私はおなかの音を誤魔化すため、「ねえ」と木嶋に話しかける。木嶋は手元のおしぼりを畳んだり、丸めたりを繰り返すばかりで、一切反応がない。「ねえ」と私がさっきより大きめな声を上げると、木嶋ははたと手を止め、「なに」とぶっきらぼうに顔を上げた。

「まあ別に、大したことじゃないけどさ。木嶋って、前にここに来たことあるの?」

木嶋は視線を落とし、「なんで」とテーブルに言葉を転がすと、今度はパン生地のようにおしぼりをこねだした。

「なんでって。だって、初めてにしてはトイレの場所をきちんと把握してるみたいだったし、それにちとせのお母さんが注文を取りに来たとき、あんたろくにメニューも見ないで定食を頼んだでしょ。だからそうなのかなと思って」

弄ばれたおしぼりがソーセージのないホットドッグのような形になると、木嶋はようやく手を離した。次に口を開くまでの間、近くの換気扇のぶーんと回る音がやけによく聞こえた。

「そんなの、どっちだっていい」

木嶋は煩わしそうだった。遠まわしに「目ざとい」と批難されているのだと思ったものの、私は生まれて初めてそんな風に思われたことに少し驚いていた。

「あ、こういうところに気がつくようになったのって、もしかしたらちとせの影響がいまになって表れてきたのかな？　私、洞察力とか観察眼とか、そういうものとはずっと無縁だったのに」

木嶋の分厚い下唇が、一瞬ぶりんと裏返った。怒ったのか、あるいはなにかを言いかけたのかわからないけど、やがて唇がいつもの位置に戻ると、会話は途切れた。もし相手が「奇人変人木嶋くん」でなければこっちが腹を立てる場面だが、もはやそんな気力もない。

私は椅子に深く腰をかけて、ちとせが早く来ないかと店の奥を眺めた。遠くのほうからじわじわと酢豚やエビチリのいい匂いが漂ってきて、私のおなかが主人の帰りを待つ犬のように、くうんと寂しげに鳴いた。

「はーい、おまちどおさま」

またなにか話しかけようとした矢先に、ちとせのお母さんがちょうどお盆を持って現れた。

真っ白な手が、てきぱきと二人分のチンジャオロースと春雨のサラダ、ご飯とたまごスープを並べていく。私は木嶋と同じく、六百七十円の「チンジャオロース定食」を頼んでいた。食事になるとどうも優柔不断なので、だれかと一緒にいるときは必ず「私もそれで」と言うことにしているのだ。好き嫌いはとくにないし、普段選ばないようなものを注文されると、毎回、未開の地へ遊びに行くような気分になれる。

「さあ、二人ともおなかが空いたでしょう。熱いうちに食べてね」

「こんな遅くに、わざわざありがとうございます。でもまだ……」

ちとせが来ていないから待ちます、と言うつもりが、「いいっていいって、気にしないで」と先手を打たれた。

「どうせあの子は自分が食べるより、食べるところを見るほうが好きみたいだから」

ちとせのお母さんは陽だまりみたいに優しい微笑みを浮かべた。

それがちとせを待たない理由にはならない気がしたが、言ってもらえて安心した。できたての料理を放置しておくのも失礼だし、空腹は深刻だ。私は「じゃあ、お言葉に甘えて」と控えめに頭を下げ、割り箸をぱちんと割る。失敗して、歪《いびつ》な形に折れた。木嶋はその間も、まったく口を開かない。

「これ食べて、しっかりパワーつけてね」

ちとせのお母さんはお盆を脇に抱えると、すぐに仕事に戻ってしまった。去り際の笑顔が、とくに垂れた目の形がちとせにそっくりで、やっぱり二人は親子なんだなと思う。

「それじゃあ、いただこっか」

さっきから私の胃が飢えを嘆いている。もう待てない。失敗した割り箸を取り替える余裕もなく、私は豪快にチンジャオロースを頬張った。ピーマン、細切りの牛肉、たけのこ。食感が異なる食材のハーモニー。匂いをおかずにご飯が食べられそうなほど、味がしっかりしている。私好みだ。

実のところ、私はあまりこのお店に来たことがない。ちとせと室内で遊ぶときは、決まって私の家で、この辺りは通学路でもなかったから、なかなか足を運ぶ機会がなかったのだ。でも、ちとせがこの町を離れ、この料理を当分味わうことがなくなるのかと思うと、とてつもなく勿体ないような気になる。

無意識に視線を上げると、たまごスープを飲んでいる木嶋と目が合った。向かいあっているのだから、目が合うことなんて珍しくない。でも木嶋は、なぜか大人に叱られることを怖れる子どもみたいに、体をびくんとさせた。

「そっか。あんた給食になると、よく私に注意されてたもんね。でももう心配ないじゃん、あの癖は直ったみたいだし。やっぱり親にも怒られたんでしょ？」

そう訊くと、木嶋は箸を持ったまま俯いた。さっきから私の話を聞いているのかいないのかわからないような態度を取るくせに、このときばかりは、長らくやめられなかった過去の悪癖をひどく反省しているみたいに見えた。

木嶋は小学校のとき、給食のおかずをすべて汁物に入れてしまうとんでもない子どもだった。当時の私は、どうしてそんな食べ方をするのか、詰問し、注意し、改善させようと努めていた。それは優しさでもなんでもなく、単純に私が不快だったからだ。

木嶋は鼻の穴を膨らませると、静かに息を吐き、そして意味深なことを口にした。

「僕の母さんはベジタリアンなんだ」

「は？」私は眉をひそめた。まるで私たちとは関係のない舞台の台詞《せりふ》が、突如、ありふれた会話に間違って紛れ込んだみたいだった。

少なくともいまの言葉を聞いて、ふーん、と受け流すことはできない。深刻な告白のようだったが、その深刻さの理由がちっとも伝わってこなかった。

「それが、なにか？」続きを促したのを無視して、木嶋は食べることに集中していた。取り憑かれたように一息でチンジャオロースの皿を片付けると、おかずなしで白いご飯を掻き込み、それからスープを飲みつつサラダをつつくという具合に、とにかくでたらめな食べ方をした。呼吸のリズムと箸を運ぶスピードが嚙み合っていなくて、端から見ていても、喉を詰まらせないかとひやひやしてしまう。

そんな危なっかしい食べ方をする木嶋に、私は、彼がなにかを必死に話したがっているような気がして、敢えてなにも言わずに付き合った。

最後に水を飲んで締めくくると、木嶋はじっと私の目を見た。それから唐突に、喋りだした。

「母さんは僕にベジタリアンになることを押し付けたんだ。でも、僕はすごく嫌だった」

「ちょっと落ち着いて。いったいなんの話?」

木嶋は皿に残っていた肉を箸でつまむと、さらに早口になった。

「物心ついたばかりの僕に、母さんはあるビデオを見せた。牛や豚のと畜シーンを収めたやつだ。母さんは僕にその映像を目に焼きつけるように言った。『あなたが肉を食べなければ、たくさんの動物が死なずに済むの。もともと死ぬ必要のない命がね。この意味がわかる?』って。そのとき、父さんは肉や魚を食べてるのに、僕にはずっと野菜しか与えられていない理由がわかった。それから毎日、僕は食事の時間が怖くてたまらなかった。父さんと母さんのどちらの目を見ればいいのかわからなくて、次第に喋ることも苦痛になった」

木嶋は目をつむって肉を口に放り込み、ゆっくり咀嚼《そしゃく》してから空っぽのコップを傾けた。私が自分の水を無言で差し出すと、木嶋はそれをごくごくと半分ほど飲んだ。それからふっと熱が鎮まったみたいに、口調が穏やかになる。私は耳を傾けた。

「小学校に上がると、給食が始まった。僕が母さんに教えられたとおり肉を食べずにいると、先生は昼休みに僕を居残らせた。それでも食べずにいたら、隣に座って、『好き嫌いせずに食べなさい』と僕の手をつかんだ。僕は母さんの約束と先生の圧力との板ばさみになって混乱したけど、無理してハムを食べた。でもすぐに吐き出した。次の日、母さんが学校に来て、ものすごい剣幕で先生を責め立てた。みんなのいる前で。それ以来、クラスのみんなは僕をあからさまに避けるようになったし、肉を食べられないことを表立ってバカにし始めた。僕は自分の食生活が普通ではないことを思い知らされて、泣きながら父さんに助けを求めた。父さんは真剣に悩んでくれた。しばらくして僕は転校することになった。小学一年生のときだ。念のため言っておくと、食事のとき以外、僕の家族は本当に円満なんだ。だから父さんが母さんに、『給食のことまで口を挟むな』と言ってくれたのは本当に助かった。気が楽になったけど、それでも学校で肉を食べることはどうしてもできなかった」

箸を置いてすぐに、胃に収めたばかりのチンジャオロースと生きた牛を想像した。どうもうまく結びつかない。私はたぶん「いただきます」と言いつつ、その言葉の意味をこれっぽっちも意識したことがないからかもしれない。

でも木嶋が過去の自分をさらけ出してくれたことで、ひとつ腑に落ちることがあった。それは転校してきた木嶋が第一声を、「僕はだれの名前も知りたくないから、名乗るつもりなんてない」と発したことだ。あれは早まった反抗期なんかじゃなく、「もしかしたらいじめを受けるかもしれない」という恐怖心と、「そうなったらどうせまた転校させられるんだ」という諦めにも似た感情が言わせたのではないだろうか。

「じゃあどうして肉を食べられるようになったの？　私が見たときは、なんでもかんでもごちゃまぜにして食べてたイメージがあるけど」

木嶋は「それは」と応えた。

「それは新巻さんのおかげなんだ」

「ちとせのおかげ？」

木嶋は頭のてっぺんを見せるくらい、深く肯いた。小学一年生のとき、ちとせと同じ班になったおかげで、と。

私は天井を見上げて、未だに作業をしているちとせを思った。なんだか意外な名前が出てきたような気がしたけど、考えてみればそんなこともない。

当時は同じクラスにいても私がよく知らなかっただけで、この二人の間にこうして引越しを手伝いに来るくらい仲良くなるようなきっかけがあったとしても、なんらおかしいことではない。

木嶋はゆっくりと先を続けた。

「あのとき、僕はすべての動物が人間の食用として飼われているかのように錯覚してた。給食の時間に肉が出るたび、向かいの家の犬や、飼育小屋のにわとりなんかを思い浮かべた。そのせいで、ますます胃が縮こまっていった。そんな僕に気付いて、ある日、新巻さんが話しかけてきたんだ。『木嶋くん、もしかしてお肉食べられないでしょ』って。不思議なことに、僕がなにも言わないでいても、新巻さんはそのときの僕の気持ちを正確に読み取っていた。それから、自分も同じようなことを思った時期があると打ち明けてくれた。牛や豚がかわいそうだって。新巻さんの家が中華料理店だと知ったのはそのあとだ。僕は新巻さんと話したことなんてなかったのに、なんだか淀んだ水の底から僕を引き上げてくれるような気がして、とにかく耳を傾けた。女の子と顔を突き合わせることは苦手だから、僕はずっと机を見てたけれど」

その頃からちとせの驚異的な洞察力は開花していたのだな、と思う反面、女の子を苦手と言いながら、私とばっちり目を合わせている木嶋が気になった。つまり私を女の子だと意識していないということだ。もちろん、意識されても困るけど、面と向かって態度で示されると、それはそれで悔しいものだ。

「それから、新巻さんは母親から聞かされた話を僕にしてくれた。『どうして牛や豚が美味しいのか』という話だ。簡単に言うと、それは昔、牛や豚がどうすれば安定して子孫を繁栄させることができるのかを考え、人間と共存していくことを選んだから、ということだった。人間が滅ばなければ、自分たちも生き続けられる。見捨てられないために、牛や豚は美味しくなろうと努力したのだと。だから食事で出されたら食べてあげないと、それこそかわいそうだって言われた。いま考えれば、たしかに変な理屈かもしれない。人間のエゴを無理やり正当化しているようにも思える。でも、僕はその言葉に救われた。その日、給食に出た肉うどんの具を吐き出さずに食べられたんだ」

木嶋はふいに分厚い唇を真横に広げた。それが微笑んでいるのだとわかるまでに、少し時間がかかった。でも、私は肝心の答えをまだ聞いていない。

「あのさ、いろいろ話してくれたあとに申し訳ないけど……それがどうしてあの食べ方と関係するの？」

するとと木嶋の口角はたちまち下がり、いつもの不機嫌な顔に戻った。

「まだ子どもだったんだ。堂々と母さんとの約束を破ることも嫌だし、なんでも自由に食べたかった。だからなにを食べているのかを深く考えないように、ごちゃまぜにした。そうやって、少しでも食事を楽しめるように工夫してきたんだ」

それから木嶋は蚊の鳴くような声で、でもごめん、と付け足した。具体的になにを示しているのかは不明だけど、私はそれ以上口を挟むのをやめた。育ってきた環境のせいで、木嶋は私にない感覚で食事と向き合っていることが理解できたからだ。あの当時、木嶋が飼育小屋の動物たちを脱走させてしまったのも、そういう経緯があったからかもしれない。

「なんだか私、あんたのことをいままでずっと誤解していたような気がする。だから転校初日からずっとむすっとした表情をしてたんだね。いまならなんとなくわかるよ、その気持ち」

そう笑いかけると、木嶋は記憶にない、というように顔をぽかんとさせた。

「そんな顔してない」

「してたよ。いまとあまり変わりないけどさ」

木嶋は不愉快そうに頭を振った。

「違う……あのときは前歯が抜けたばかりで、だれにも見られたくなかったんだ。それだけだ。別に怒ってたわけじゃない」

そんな子どもじみた言い訳を聞いて、私は堪えきれずに笑った。

こいつ、案外かわいいじゃん。

3

ちとせが作業を終えて下りてきた頃、私たちのテーブルの上はきれいさっぱり片付いていた。杏仁豆腐ならまだ入る余地はあったものの、まさかこれから豆腐料理が出てくるとは想像していなかったので驚いた。

「はい、当店オリジナルメニューの始皇帝豆腐。三人前だから、みんなで分けてね。おばちゃんのサービスね」

ちとせのお母さんが運んできたのは、初めて目にする料理だった。見た目は一人前の鍋のようだが、具らしきものは豆腐しか見えない。色も冴えない。聞いたところ、手で崩した豆腐とフカヒレを煮込み、カニ味噌と少量のマヨネーズを加えたものらしい。あとでこっそりメニューボードを盗み見たら、一日限定十食で、値段はなんと三千円だった。名前もやたらに仰々しいのは、そういうわけだ。

「これがなかなか面白いんだよ」

料理の感想として「面白い」というのはとんちんかんなような気がしたが、ちとせはにこにこして小皿に豆腐をよそっている。深い意味もなく木嶋の隣に座ったみたいだが、木嶋が肘をぶつけないようにと細心の注意を払っているのが窺えた。愉快なので、助け舟は出さないでおく。

三人でひとつの鍋をつつき、レンゲで熱いうちに口へと運んだ。

「え、なにこれ、美味しい」

カニ味噌とマヨネーズの風味が後を引いて、レンゲを動かす手が止まらない。杏仁豆腐よりもするすると喉を通るのが楽しくて、思わず笑顔になった。心なしか、木嶋の口元も綻んでいる。

「びっくりした。私、この豆腐がまかないで出ることがあるんだったら、明日からでもここでバイトしたいよ」

「やめときなって、百合香ちゃん。だってほら」

ちとせは壁の張り紙を指差した。『アルバイト募集中、時給八百五十円から』とある。

「五年前まではずっと八百円だったから、これでも上がったみたいだけど」ちとせは私と目を合わせ、苦笑いした。いくら昇給ありとはいえ、これでは安すぎる。ちとせと高校一年生のころにしていた通信教材の採点、「てんさく先生」のほうがよっぽどいい時給だった。仕事は用意された解答と照らし合わせるだけだし、拘束時間も短いのが売りだった。

でも、私はその機械的な作業に耐え切れなくてとっととやめてしまったのだ。ちとせはつい最近までずっと「てんさく先生」を続けていたというのに。

私は「たしかに、そうかも」と肯いてから、「だけど」と言った。

「だけどちとせ、あんた幸せ者だよ。こんなに美味しい料理を毎日食べられるなんてさ」

本音だったけど、言ってすぐに後悔した。無神経な発言だった。これからずいぶん遠くへ独り立ちしてしまうというのに、まったく相応しくない言葉を向けてしまった。

「ありがとう。私もそう思うよ」

ちとせは桃色の眼鏡をくいと持ち上げて、控えめに笑ってくれた。でもその顔が、私の目にはかなり無理をしているように映った。

「ねえ。それよりさ、二人でなにを話してたの？」

話題を逸らしたいのか、ちとせが訊いてくる。

「まあ、大したことないよ。小学校のときの話とか、将来の話とか」

木嶋の衝撃的な告白のあと、私は再び息の詰まるような、長い沈黙が訪れることを危惧していた。でも、実際はそうならなかった。むしろ気楽だった。打ち解けたというほど親密ではないにしろ、間違いなく、木嶋は私に心を開いてくれたように思う。うちに溜め込んでいたものをすべて吐き出すみたいに、私を励ましてくれた二時間前よりも、さらにさらに喋り続けたのだ。もしかしたら、ずっとだれかに自分の話を聞いてもらいたかったのかもしれない。その相手が私でよかったのかどうかはわからないけど、彼の境遇を知ることができてよかったと思っている。「奇人変人木嶋くん」と呼ばれるきっかけを作ってしまった私は、もっと早くに知っているべきだったのだ。

木嶋がどういう人物なのか。その本質みたいなものを私が理解していれば、彼の人生が劇的に変わっていた可能性だってあったのに。

「へえ、将来のこと」ちとせはレンゲから豆腐をちゅるんと吸い込んだ。

「そう、将来のこと。木嶋は大学に進むみたいだけど、私は浪人生だし、まだなんにも決まってないよ。でもちとせはすごいよ。高校を卒業するタイミングで就職を決断できるなんて。バイトから正社員になれるなんて最高にラッキーじゃん。うらやましいよ」

からん、と音がして辺りが静まり返る。レンゲを置いたちとせの肩が、小動物のように小刻みに震えていた。

私は息を呑んだ。ひょっとしたらこれは、ちとせが怒り出す前兆かもしれない。ちとせが怒るなんて、まるでのんびり歩いている亀がチーターを追い抜くくらい、ありえないことだ。ありえないことだけど、前に一度だけ、それが起きた。

中学二年生の夏休みの終わり際、空港でのこと。小夜がアメリカから帰ってきたその日に、二人は衝突した。私には些細な言い争いに思えたのに、ちとせは、握り方も知らないような不格好な拳に力を入れ、まるで噴火前の火山のように震えていた。

ちょうど、いまと同じように。

4

「そういやウチ、オーディション受かったよ」

小夜がとぼとぼと国際線のターミナルに現れたのを認めた私は、まさか彼女が吉報を持ってくるとは夢にも思わず、舞い上がるタイミングを失って膝から頽れた。ちとせなんて、「すごいどうしよう」と声を上げたあと、パスポートの取り方やら、旅費をどうするかなどを呟きながら、自分の尻尾を追いかける犬みたいにくるくる回っている。

「なにその反応。二人で打ち合わせでもしてたの？」

私たちは全力で否定し、小夜が来るまでの間、どれだけ緊張して待っていたのかを伝えた。

小夜は一週間前、アメリカに飛んだ。目的はとある舞台のオーディションを受けるためだ。それほど大きな規模ではないらしいが、募集要項にあった挑戦的な文句に惹かれたのだという。

「言葉は要りません。ただ演技に自信のある人を、性別年齢国籍問わず」

小夜は日頃から「女優になりたい」と公言しているだけあって、ずば抜けた演技力を誇っていた。決して身長が高いわけでも、絶世の美女というわけでもないのに、人を惹きつける魅力が不思議と備わっている。小夜の演技を初めて見たのは、文化祭の発表会のときだ。言葉の喋れない少女という役だったにもかかわらず、表情や息づかいだけで、その心情を言葉にするよりも的確に表現していた。遠くにいる観客には顔さえ見えないのに、何気ない仕種や振る舞いに息を呑み、途中から小夜に釘付けになってしまうほどだった。ちとせはすぐに彼女の大ファンになり、舞台が終わるや否や演劇部の門を叩いたくらいだ。

とはいえ、いくらなんでも、小夜の演技が異国の地で通じるとは思ってもいなかった。

「で、オーディションはどういう感じだったの?」

興味津々に訊くと、「あのね、それが笑っちゃうんだけどさ」と小夜は言っているそばから笑い始めた。

「『嵐を演じなさい』って言われたら、二人ならどうする?」

いたずらっぽく八重歯を覗かせる小夜に、私は「どうするって言われても……」と頭を悩ませた。

決して思いつかないわけじゃなく、大勢の人が往来している空港のロビーで、「嵐」を披露することへのためらいが生じたせいだ。

「私ならこうかなあ」

ちらりと視線をやると、ちとせはひらひらさせた両手を、右から左、左から右へと、何度も何度も素早く横切らせていた。ときどき口で「ごおー、ごおー」なんて効果音をつけているのが可愛らしいが、それでは嵐というより、そよ風が木の葉を舞い上がらせた程度にしか見えない。演劇部のくせに、意外と思い切りが足りないのだ。

小夜が含み笑いをしながら、今度は私を見つめている。私は毎回、ちとせがこうして先にやってしまうから断ることができない。

「そうだなあ、私だったら」

私は瞬時に「剽軽」という服に着替え、恥じらいを捨てて、両腕をぶんぶんと振り回した。フィギュアスケートみたいに体も回転させながら、横殴りの雨と、すべてを巻き込んで破壊する強風になりきる。パニック映画でしか見たことないけど、たぶん嵐ってこんな感じだ。

さすがにもう十分だろうと気を抜いたとき、向かいから歩いてくる背の高い白人男性と目が合った。しかし広げたままの両腕は誤魔化しようがなく、咄嗟に、「テイクオフ」と言いながらジャンプする。

　ちらりと横を見ると、白人男性は関心なさそうに通り過ぎた。

「まあ、こんな感じかな」

　目が回ってまっすぐ立っていられないというのに、私は気力で姿勢を正していた。急に、周囲にいる外国人たちの目が気になってくる。

　だって彼らからすれば、初めて目にする日本人が私かもしれない。自国に帰ったとき、「空港で暴れている女子高生がいたよ」と笑われるより、せめて「空港で飛行機の物まねをしているかわいらしい女子高生がいたよ」と言われたほうが気分がいい。

「なに、最後の変な動き」小夜はおなかを抱えて笑っていた。「二人ともセンスあるわ」

「それって絶対にバカにしてるでしょ」私は唾を飲んで、息を整えた。「そういう小夜はどう表現したのよ?」

　今度は私が優位に立つ番だ。ちとせも注目しているし、見知らぬバックパッカーたちも数人こちらを気にしている。この状況下で、まさかやらないとは言わせない。お手並み拝見だ。

　小夜はじっと、なにかに耐えるように歯を食い縛っていた。ここから逃げ出す言い訳でも探しているのか、微動だにしない。いつ諦めて「嵐」を演じてくれるのかと首を長くして待っているうちに、小夜は澄ました顔で「どうだった？」と言った。

「え、なにが？」

「なにがって、いまやったじゃん。嵐」

「小夜、いくらなんでも冗談がすぎるよ。お題は嵐だよ。もっとこう、激しさとか荒々しさとか、とにかく派手に動かなきゃ」

「甘いなあ、二人とも」ちっちっち、と小夜はわざとらしく人差し指を振る。

「ウチはね、いま嵐が来てもまったく動じない、巨大な巨大な大木を演じたんだよ。強い風が来たって、ぐっと堪えてたたずむ姿に、君たちは生命の力強さというものを垣間見なかったのかね。演技でもっとも必要なことは、ずばり先入観に囚われないことだよ」

ふざけ半分で聞いていたつもりが、私はすっかり感心していた。嵐の暴力的な性質だけではなく、別の角度から掘り下げることで、小夜はあっさりと生命の偉大さという複雑で難解な表現までしてみせたのだ。

「さっすが小夜ちゃん」女優・猪原小夜の信者であるちとせは、周りの目も気にせずに惜しみない拍手を送った。「演劇ってやっぱりすごいんだね。ウィズリー作品もミュージカル調のものが多いから、私もいつか『白雪プリンセス』とか演じてみたいな」

「ありがと」小夜は簡単に礼を言ったあと、「でもさ」と唐突に種明かしを始めた。

「本当のところ、ウチは生命の力強さとか、そんなことは一切考えてなかったんだよね。さっきの話はさ、実はオーディションの審査員に言われたことで、本番は直前に慣れないものを食べておなかを壊しちゃったせいで、少しも動けなかっただけなんだよ」

明かされてみればびっくりするほど情けない話だ。けれど、ちとせは賞賛をやめなかった。

「ううん。それでも受かっちゃうなんて、本当にすごいよ。小夜ちゃんは実力で認められたんだから自信を持って。私、お金貯めてアメリカまで観に行くから！」

「残念。それはできないんだ」小夜の髪が静かに揺れる。

ちとせが悲しげに眉をひそめると、小夜は「だって」と続けた。

「ウチ、辞退したから」

「え？」

信じがたい言葉が飛び出し、私もちとせも困惑した。小夜の目を見ていれば、これが冗談でないことくらいすぐわかる。小夜は派手な見かけによらず、生真面目な性格だ。

「二人とも、そんな顔しないでよ。別に演劇をやめるわけじゃないんだからさ。というか、ウチはまだまだ実力が足りないんだなって見せつけられた感じがしたし。まぐれで受かっても、あとで苦しむのは自分だってよくわかってるから。ホント、演技って奥が深いんだなって実感したよ」

悲観しつつも、小夜は静かに笑っていた。まるで勝負の最中、自分の勝ちを確信した棋士のような、そんな自信に満ちた笑いに見えた。

「次また受かったら、そのときこそチャンスかな。そしたらもうまぐれじゃなくて、胸を張ってウチの実力だって誇れるでしょ」

親指を立てた小夜に向かって、私は心の中で「間違いないよ」と応える。どうして口に出して言えなかったのか。きっと照れくさかったのもあるし、それより私みたいな夢も目標もない人が口にすると、途端に嘘っぽくなるような気がしたからだ。

小夜はいつだって努力を怠らないし、常に手の届かないような高みを目指している。私とは初めから目線が違って、見ようとしている世界も違う。だから私は陰で応援するだけでいい。信じていれば必ず、小夜は自分の力でぐいぐいと昇りつめて、本当に夢をつかんでしまうはずだから。

「ごめん、ちょっと電話みたい」

小夜が重たそうなボストンバッグからストラップだらけの携帯電話を取り出すと、私たちから少し距離をとった。着信音が、喧騒に呑まれて遠ざかる。

周辺には私たちみたいに立ち止まっている人は少なく、だいたいが忙《せわ》しなくキャリーバッグを引いて歩いていた。

どことなく日本人と顔立ちが違う人が多く、とにかくみんなが日本を気に入ってくれるといいな、と私は願った。

小夜に視線を戻すと、初めこそ電話口で明るく喋っている様子だったのに、いつしか険悪な表情になっている。だれが見たって、なにかよくない報せでもあったのだろうなと想像がつくような顔だ。

小夜は電話を切って戻ってくるなり、「セレナが子どもを産んだらしい」と呟いた。

「セレナ？　だれ、小夜の親戚？」

私が訊くと、小夜は重々しい口調で「ウチの飼ってるモルモット」と言った。

「なんだ、ペットか。子どもが産まれたんだったらめでたいことじゃないの？」

「もちろんめでたいことだよ」小夜は乱暴に携帯を折り畳んだ。

「でもさっきお母さんに言われたの。こんなに増えると思わなかったから、これ以上は飼えないって。貰い手がいないと、ウチのお母さんは知り合いの人に譲ることを考えてるんだよ。でもさ、ウチは知ってるけど、お母さんが譲ろうとしてるのは爬虫類愛好家なんだ。その人、蛇を飼ってるんだよ。どういうことかわかる？　産まれたばかりのモルモットが餌になるってことだよ。ひどいと思わない？」

小夜は下唇をぎゅっと嚙んだ。食い込んだ八重歯でぷちんと肉が裂け、そこから血が出てくるんじゃないかと思うほど、きつく。

「ねえ、二人を親友と見込んでのお願いがあるの。モルモット、なんとか飼ってもらえないかな?」

手を合わせる小夜を前に、私とちとせは、どうしようかと顔を見合わせた。

「……ごめん」申し訳なさそうにちとせが答える。「私のお母さん、小さい頃、犬に追いかけられて嚙まれたことがあって。ふくらはぎにいまも歯形が残るくらい強く嚙まれたみたいで、それ以来、動物全般が苦手になっちゃって」

「私も無理かな。家がマンションだし、私のお父さんそういう規則にはやたらうるさいから」

「……わかった、仕方ないよね」立て続けに断られてしまったせいで、小夜はひどくうなだれていた。平気そうに振る舞いつつも、目の奥にひそむ本心が「親友なのに、断るんだね」と非難しているように感じられて、私は胸が痛んだ。小夜にそんな目をされることがショックでならない。

「でも小夜ちゃん、生き物を飼うなら、ちゃんと家族と話し合いしてからじゃないとダメだよ。オスとメスを同じケージに入れてるなら、いつか子どもが産まれることくらいわかって当然なんだから」

ちとせがいつにない厳しい調子で苦言を呈すると、小夜は「それって、いま言うことなの」と少し腹を立てた。

「ウチだって、もともと人から断れずに譲り受けて飼い始めたんだから、しょうがないじゃん。なにそれ、じゃあ見殺しにしたほうがよかったってこと？」

「そうは言ってないけど、でも貰い手を考えるなら、なおさら相手の状況を理解してあげるべきだと思わない？」

「そんなこと言われなくてもわかってるよ。なんなの。なんかウチが悪いことでもしたの？」

小夜はいきり立っていた。普段なら可愛らしい八重歯も、いつになく敵意むき出しで鋭く尖って見える。私は心の中で、二人に向かって落ち着いてよ、とおろおろしていたが、その前に小夜が「もういいよ」と投げ出した。「二人だって、ウチのモルモットが蛇に食われたって構わないと思ってるんだね。命の重さを少しもわかってない。二人なら、もっと親身になって考えてくれるって信じてたのに」

「私だって小夜ちゃんのこと尊敬してるのに、見損なったよ」

ちとせの肩は震えていた。初めは調子でも悪いのかと思ったが、そうではない。拳をきつく握り、頬もわずかに赤らんでいる。

ちとせが怒っているのだと気付いたとき、私は大事なものを叩き壊されたような気分になった。ちとせが本気で怒ったことなんていままで一度もないし、これからもきっとないだろうと信じていた。だから、さっきまで仲良く笑っていた二人がいがみ合っている現実が、私には受け入れられなかった。

「偏見はよくないって、いつも小夜ちゃんが言ってることだよ。私、その言葉をいつも意識してるの。少しくらいイヤなことや思いどおりにならないことがあったって、一方的に考えるのはよそう、もっと人の気持ちを考えようって。たしかに飼えないとは言ったけど、私だって、ちゃんと小夜ちゃんのモルモットのこと一生懸命考えてるよ。なのに、そんな言い方ってないよ」

ちとせの憤りは、同時に悲しみを思わせた。膨らんだ悲しみの一点が鋭くなり、怒りに形を変えているみたいだった。

その間、小夜はちとせから目線を外さなかった。言い返すことさえしなかった。ふいになにかがこみ上げてくるのを堪えようとするようにまぶたを閉じたものの、それは一瞬のことで、あとはじっと目を見つめていた。

「ウチ、一人で帰るわ」

ちょっと頭を冷やしてくる、という意味で言ったのならどんなによかったか。次の言葉を聞いて、私は不安を覚えた。

「いろいろありがとうね」

小夜が背中を向けた瞬間、私はアメリカに行くと言ったときより、ずっと遠くに小夜が行ってしまうような気がして、呼び止めることもできなかった。ただ呆然と、姿が見えなくなるまで立ち尽くしていた。

「……私、言いすぎたよね」ちとせが言った。「どうしてだろう。なんで過剰に反応しちゃったのかな」

私はそっとちとせの丸まった背中を撫でた。私にはなんとなくわかっていた。お店の手伝いを始めた当初、ちとせは肌色をした北京ダック用のアヒルや毛の生えた豚肉の生々しさに声を失ったと言っていた。だからきっと、動物の命について、私よりもずっと思うところがあるのだろう。

「私たち、ちゃんと仲直りできるよね。こんなことで友情が壊れたりしないよね。ねえ、ちとせ」

するとちとせは顔を上げ、泣き出す寸前のように、声を震わせた。

「百合香ちゃん、私だってなんでもかんでもわかるわけじゃないよ。わからないことのほうがいっぱいあるし、間違えることだってたくさんある。学校では答えばかりを教えてくれるけど、現実には答えなんてほとんどないんだから」

ちとせはそう言うと、なにかご飯でも食べようよ、と言って先に立って歩き始めた。

5

木嶋が心配そうな目線を寄越してくる。私はなにがちとせを怒らせたのかを必死に考えていた。もしかしたら私が大学浪人であることを不満に思っているのかもしれないし、ちとせにうらやましい、と言ったことが嫉妬に聞こえてしまったのかもしれない。どちらにしても、謝るべきだ。

「……あの、ちとせ?」

「あ、ごめん」声をかけると、ちとせはすぐに顔を上げた。つい手が滑っちゃって、と舌を出すような調子で、微笑みながらこちらを見る。

「うん、そうだよね。百合香ちゃんの言うとおり、本当にラッキーだったよ」

その表情を見て、私はやっと自分の思い違いに気付いた。ちとせが肩を震わすのは、決して怒っているときじゃない。心底悲しんでいるときだ、と。

「ちとせ。本当は仕事、やりたくないんでしょ？」

私の声は思いのほか確信的になった。ちとせがびっくりした顔をしている。図星なのだろう。

ちとせは慌てて口元に笑みを用意した。

「心配しないでよ。だってやりたいとか、やりたくないとかじゃないでしょ。そんなこと言ってたら、『甘えるな！』ってまた百合香ちゃんに怒鳴られちゃうから」

「もうそんな風に怒らないって。ねえ、木嶋。私が今日怒ったところなんて見てないでしょ？」

すると木嶋は人差し指と親指に隙間を作って、「少し」と言った。私は呆れた。こういうときは空気を読んでフォローするものだ。

ちとせはぎこちない笑みを誤魔化すように、急に話題を変えた。

「あのね、人生をなにかにたとえる人ってよくいるでしょ。登山家は山登りにたとえるし、モルト・ウィズリーは極上のエンターテインメントだ、って言ってる。私もね、自分なりに考えてみたの。そうしたらね、一番しっくりくるのは夏休みのような気がするんだ」

「……夏休み？」

「そう」肯いてから、ちとせは手元のレンゲに目を落とした。

「私、夏休みって人生の縮図だと思うんだ。遊んでばかりいたって、初めのうちはだれにも咎められないのに、後半もそのままでいたら途端に怒られるでしょ。こら、宿題は済んだのか、って。私たちはね、長らく宿題に手をつけてこなかったんだよ。ずっと目を逸らし続けてきただけなの。子どものうちは、大人ってもっと開けた世界に飛び出していくものだと期待してたのに、実際はそうじゃない。自由とは無縁の閉じた世界で、黙々と生きるために生きていくんだよ。私たちはいっぱい遊んだ分、たくさんの宿題を山積みにしてる。だからいま、やだやだ、もう夏休みが終わっちゃうよ、って子どもみたいに嘆いてるの。でも時間は待ってくれない。いままで楽しかった生活とはさよならして、これからは部屋にこもって、溜まりに溜まった夏休みの宿題と向き合わなくちゃいけないんだよ。いつまでも片付け終わらないのに、ずっと、ずっとね」

それからしばらく、換気扇の音が聞こえた。こういうとき、私はいつだって気の利いた言葉が出てこない。

ちとせの言うとおり、私がのほほんとモラトリアム期間を延長している間に、ちとせは一足先に、遠くの場所で、終わらない夏休みの宿題を片付け始めるのだ。私もいずれ、積み上がった宿題と向き合わなければならないときが来る。そう考えると、なんだか泥に沈み込むような気持ちになった。

小さいころは、いち早く大人の仲間入りをすることを望んでいた。それなのに、いまの私は無意識に大人になることを拒絶している。心の底では、浪人生活がいつまでも続けばいいと願っているし、逆らえない時間の流れに希望を失っているのかもしれない。これから先のことなんてまだ白紙だ。だけどなんとなく、未来はタールみたいにまっ黒で、完全に大人になってしまったら、いまの生活よりずっとつまらないものになってしまうような、そんな予感がしている。

「……あ、いきなり変なこと言ってごめん。別に深い意味はないから気にしないで」

ちとせが無理に笑おうとするたび、私は余計に辛くなる。ちとせがそんなことを考えているなんて、いつも一緒にいたのにちっとも気付かなかった。

ガチャン、と乱暴な音を立てて小皿が揺れた。木嶋がテーブルに手をつき、立ち上がっている。

「どうしたの?」と声をかけると、木嶋は一言、「お会計してくる」と言った。ちとせは、手伝いに来てもらっているのだからいらないよ、と断ったが、木嶋はそれを振り切った。遅れて私も追いかける。私だけお金を払わなかったら、なんだか非常識みたいじゃないか。

レジにはちとせのお母さんがいた。木嶋と押し問答をしていたが、木嶋が「すごく、美味しかったから」と強引にお金を差し出すと、ちとせのお母さんは渋々受け取った。うしろから割り込み、「私も」と千円札を取り出す。財布だけは持ってきていて正解だった。

「あの、ごちそうさまでした。おかげで元気が出てきたので、片付け頑張ります」

「二人ともありがとね。でも、今度はちゃんとおばちゃんにもお礼させてよ」

そう言って、ちとせのお母さんはおつりを用意した。私には二百三十円、木嶋には三十円。

会計が済むと、木嶋はレシートを財布にしまいながら先を歩いた。私はそのうしろにくっつき、さりげなく仕切りの奥を覗く。すでにちとせの姿はなかった。先に二階に戻ったのだろうか。

そのとき、ふいにアルバイト募集の張り紙が目に入り、私は身震いした。いままで頭の中をさまよっていた記憶の欠片が、突如ある場所にぴったりと嵌まった。足の先から興奮が駆け上ってくる。

「ごめん、トイレに行ってから戻る」

そう告げたのに、木嶋は振り向きもしなかった。とはいえ、なんだかんだ人の話を聞いているに違いない。

私は急いで踵を返し、レジから離れようとしているちとせのお母さんを呼び止めた。

「待って、おばちゃん。ちょっと訊きたいことがあって」

「どうしたの？　まさか片付けが終わらなさそうとか？」

「そうじゃなくて。ほら、一緒にいた木嶋って男の子いますよね。あいつ、この店に来たことありませんか。たぶん小学校低学年のときに」

するとちとせのお母さんはにっこりと微笑んだ。

「もちろん覚えてるよ。あの子は一人で来たんだ。黙ってカウンター席に座って、チンジャオロース定食ください、って言ってね。出てきたら、喉を詰まらせそうな勢いで食べてたのが印象的だったよ」

「……ひょっとして、あいつ、そのときお金払わないで店を出ませんでしたか？」

私がレジカウンターに手をついて身を乗り出すと、ちとせのお母さんはこっそりと、耳打ちするように小声で言った。

「それ、だれから聞いたの？」

「いえ、ただなんとなくそう思っただけで。小学校のとき、クラスで木嶋が食い逃げしたこと、問題になってましたから」

「そっか。じゃあ、あのとき店にいただれかが学校に連絡しちゃったんだね。勝手なことしてくれるよ」ちとせのお母さんは腕組みをした。「私はね、あの子が最初からお金を持っていないことなんてわかってたよ。小学生にしてみれば、うちの定食はそんな安いもんじゃないからね。ただときどき学校帰りに、この店を外から覗いてるのを知ってたんだ。だからあの子が食べに来たとき、私にはよっぽどの理由があるんだとわかったよ。逃げるときだって、あの子、店の外でわざと転んでたんだから」

「……それで、どうしたんですか？」

「一時間分、皿洗いをさせたんだよ。そしたら許してあげるって約束してね。初めのうちはなんで食い逃げなんてしたんだろうって思ったけどね、敢えて聞かなかったよ。というより、聞かなくてもなんとなくわかったからね。だって」

どこからか、ちとせのお母さんを呼ぶ声がした。彼女は快活に返事をすると、「ごめんね。お父さんに呼ばれちゃったから。二階のことはよろしくね」と言って去ってしまった。

私はお辞儀をしてから、厨房の裏へと回り込んだ。いまの話だけで十分すぎるほどの収穫だった。

ジャスミン茶を飲んでいるとき、木嶋が渡された三十円の謎。あれはきっと、食い逃げした定食の代金と皿洗いしたときのバイト代の差額だったのだ。それならちとせが「お母さんが渡しておきなさいって」と言っていた説明もつく。

そして重要なのは、なぜ木嶋が食い逃げをしたのか、ということだ。もちろん、うっかり財布を忘れたわけじゃない。店の外でわざと転んでいたのだから、木嶋は初めから逃げるつもりなどなかったのだ。

そんなおかしなことをした理由はどこにあるのか。考えなくても、私はその答えをすでに知っている。

だってちとせは最初にこう言っていたのだ。

——木嶋くんは、うちのお母さんにこっぴどく叱られた経験があるらしくてね。それ以来、私の頼みごとは一切断らないんだよ。

木嶋はそれを狙っていた。接点がほしかったのだ。ちとせの家が中華料理店であることを知り、そこで食い逃げをすることで、無理やりでもちとせとの繋がりを作る。そのために、進んで罰を受けた。

きっと木嶋は、ちとせに恋心を抱いているのだ。

しかも生半可な恋じゃない。十一年以上も続く、呆れるほど一直線な恋だ。

急な階段を上りながら、私は顔がにやけていくのを抑え切れなかった。木嶋にとってみれば、チャンスは今日しかない。だとしたら、小学生の頃にしてしまったひどい仕打ちに対し、私は償いをするべきだろう。

木嶋が長年の思いを告げられるように、ここで一役買ってあげなくては。

第五章　急行列車と第二ボタン

I

「たしか宮崎さんだよね？」

そう訊ねられ、耳がかっと熱くなった。

まさか帰り道でいきなり声をかけられるとは思わず、あ、とか、え、とか、見苦しいほどうろたえたのち、ようやく口にできたのは、「と、隣のクラスの人だっけ？」という白々しいものだった。

「そっか、ごめん。先に名乗るべきだったね」

細めの眉を残念そうに下げながら、彼が詫びる。

「俺、柳井っていうんだ。下の名前は希望を拾うって書いて拾希。ちょっと変わった読み方かな」

改めて教えられなくても、そんなことはわかっていた。下校時にいつも見かける、出窓に鼻をこすりつけている柴犬の名前や、名前の由来なのに嗅いだことのない百合の香りなんかよりも、自信を持って「はい、知っています」と答えられる、数少ないことのひとつだ。

それなのに私は、たったいまあなたの顔と名前を知りましたという風に、いかにもわざとらしく肯いた。すぐにバカバカしくなって、暮れかかった空に視線を逃がし、あーあ、なにやってるんだろ、と反省する。

この期に及んで知らないフリを決め込むなんて、かなり無茶な話だった。

だって私が二年C組によく出入りしているのは事実だし、ちとせや小夜の席に近いから、彼の椅子を借りてお喋りすることも少なくない。チャイムが鳴ってから彼とばったり鉢合わせしてしまうことも何度かあったし、だいたい今日の私は、無意識に「やないひろき」とノートの隅に書いてしまうくらいにぼんやりと彼のことを考えていたのだ。どんなことを話そうかと、空想の中では二人の台詞を暗記するほどシミュレーションしてきたつもりなのに、予告なく本番が始まっただけで、まるで初めて異性と会話したみたいにどぎまぎしてしまった。

まったくもって私らしくない。

「ちょっと訊きたいことがあるんだけど、いいかな」

幸いにも、柳井は呆れて立ち去ってしまうようなことはせず、私たちは自然と一緒に歩き出した。

会話するにはわずかに遠く、でも、手を伸ばしたらぶつかりそうなほどの微妙な距離。端から見ても、それほど親しい関係でないことはすぐにわかりそうなものだけど、今日にかぎって恥ずかしがり屋になった私は、周囲に知り合いがいないことを確かめてから
「……いいけど」と答えた。嬉しいくせに、つい素っ気なくなる。

「宮崎さん、猪原とケンカでもしたの？」

「え？」

「いや、ごめん。俺の勘違いだったらいいんだ」

柳井が顔の前で手を振る。少年ぽさの残る顔から想像がつかないほど、たくましい手だった。

「ただ、夏休みが明けてから、宮崎さんあまりうちのクラスに来なくなったからさ。いつもなら休み時間は新巻と猪原、それから宮崎さんの三人で楽しそうに喋ってるじゃん。だからなにかあったのかと思って」

「ないない、別に、ほんとに、なにもないよ」

言いながら、私はずいぶん動揺していた。できることなら、もう一人の自分に「大丈夫、落ち着いて」と背中をさすってもらいたいくらいだ。なにより彼の視界に私が入り込んで

いることが驚きだったし、それにケンカがあったことを彼に見抜かれていたのが意外だった。

でも本当は誤解だ。これはケンカとは違う。空港での一件以来、小夜が一方的に私を疎ましく思っているだけだ。

最近の小夜は、一緒に弁当を食べていても視線を合わせないし、マンガの話をしても適当な相槌しか打たない。そのせいで、私は以前みたいに頻繁に遊びに行くのを控えることにしたのだ。ちとせに相談しても、「小夜ちゃんは根に持つようなタイプじゃないよ。どちらかと言うと、はっきり物を言ってぶつかってくるタイプでしょ。だから平気だよ」なんて言われるものだから、私たちの友情はもつれたまま、解決の糸口すら見つかっていなかった。ちとせは着々と関係を修復しているというのに、おかしな話だ。

だけど、もしかしたらこれはすべて小夜の単なる気まぐれで、機嫌がよくなるまで放っておくのがベストなのかもしれない。一時的に私に不満を抱いていたとしても、時間がどうにか解決してくれるだろう。人間関係の多くは時間でしか解決できないということは、これまでの人生でそれなりに学んできた。

しかし本音を言うと、私はそんなものに頼りたくなかった。

言ってしまえば、私は流れ弾に当たったようなものだ。小夜と言い争いをしたのは私ではなく、ちとせだ。ちとせが空港で小夜に嚙みつかなければ、湖に石を投げ込まれたところで、波紋は穏やかに静まっていたに違いない。

なんで私がこんな思いをしなければならないのか。私はきちんと小夜から謝罪があるまで、自分からは頭を下げないつもりでいる。

「そっか。それならよかった」

柳井が心底ほっとしたようにため息をつくと、それっきり会話は途絶えた。彼はもともとお喋りなほうではなさそうだから、用件が済んだら離れてしまってもおかしくないけれど、なぜか黙って私と歩幅を揃えている。

憧れの相手と下校しているという事実に、小夜とのことなんか忘れて、私は内心かなり浮かれていた。

宇宙が永遠に膨れ上がっていくみたいに、このままずっと駅までの道のりが終わらなければいいなと本気で思ったし、そうでなくても近くにいてくれるだけで、疲れを知らずにいつまでも歩き続けられそうだった。

しかし私たちが話すのは初めてだ。彼は私に気を遣って「立ち去れない」だけなのかもしれない。それなら駅まで向かう間になにか気の利いた話でもしておかないと、ただただ退屈させてしまうことになる。最悪の場合、「つまらない女」というレッテルだって貼られてしまいかねない。

せっかく柳井拾希と交流できたというのに、もうこれっきりなんて展開はごめんだ。

風がないせいで、じめじめとした空気が体に張り付き、汗が止まらなかった。頭もお風呂でのぼせたみたいにぼうっとするばかりでちっとも機能しない。もしここでタオルを取り出すためだけにカバンを開けたら相当な汗っかきだと思われてしまう。でも、だからといって汗だくな姿も見られたくなかった。

どうにか暑さを忘れられないかと、私は意識を別のことに集中させる。

たとえば腕の振りに合わせて伸び縮みするワイシャツ。

肩で揺れ動くカバン、こつこつと鳴る革靴の音。

耳を澄ませば、かすかに聞こえてきそうな吐息。

もし私に猫のひげが生えていれば、きっと彼を取り巻く空気の流れだって感じ取れそうだ。

私の隣にはたしかに柳井拾希が存在する。いつもみたいに空想じゃなく、現実に。

そう実感した途端、まるで背後から猛然と迫ってくる暴れ馬の足音みたいに、鼓動がぐんぐんと速まった。騎手も振り落とされ、コントロールが利かなくなる。

私はパニックになりかけながらも、視線を地面に固定したまま、音を洩らさないように、細く開いた口から上手に空気を逃がしていった。

ダメダメ。いまこっちを見られたら私、絶対変な顔になっている。

奥歯に力を入れながら必死に堪えていると、やがて視界がアスファルトから砂利に変わっていった。いつのまにか神社の境内にある公園にたどり着いている。沈みかけた日の光で、まっすぐ伸びた木が入り口に長い影を落としていた。

私たちはその木陰を求めるように、公園に足を踏み入れていく。

実のところ、ここを通り抜けるルートは遠回りだ。でも夏場は比較的涼しいからか、通学路を無視して利用する生徒が多い。それに砂利を踏む音が少しだけ荒い呼吸を誤魔化してくれるから、私としても都合がよかった。

歩きながら柳井の横顔を盗み見ると、彼自身も、私となにを話せばいいのかを模索するような、複雑な顔付きだった。

もう悩んでいる場合じゃない。こうなったらシミュレーションどおり、好きなプロレスラーの話をしよう。男の人はたいていプロレスが好きだ。

そう思い立ったところで、静けさの中に、みしみしと硬いものを擦り合わせるような音が響いた。私の足元で、石畳が真っ二つに割れている。

「あっ」

出し抜けに柳井が声を上げた。私は地面から足を離し、急いで言い訳を考える。決して体重のせいじゃなく、石畳はもともと割れていたのだと説明したい。しかし幸いにも、彼が気を取られたのはそんなことじゃなかった。

柳井は私の首のうしろにさっと腕を伸ばすと、茂っている草木の中から、人差し指大の昆虫を捕まえてきた。

「これ、そろそろ産卵の時期かな」

無邪気な笑顔に相応しく、覗き込めば、羽のつけ根をつかまれて抵抗できないカマキリが、カマをジタバタと上下させていた。

「すごーい。柳井くんはきっと人より目がいいんだね。弓道部だからかな」

私は心から感激したが、あとになってじわじわと顔中に熱が伝わっていくのを感じた。やってしまった。名前も知らないはずの相手が何部に所属しているかなんて、把握していたら不自然じゃないか。

ところが私の心配を余所に、柳井は気にする素振りもなく、笑みを浮かべた。

「というか、目線がガキっぽいんだよな」

短めで硬そうな前髪に、ところどころ汗の粒が滴っている。それを手で拭うと、彼は自嘲的に言った。

「目線どころか、人間的にも成長してないし」

「いいじゃない。変わらないことがあるって、私は素敵なことだと思うな」

お世辞ではなく、これは私の本心だった。人は成長していくにつれて、生まれながらに持っていたものを手放しながら大人になっていく。だとすれば、その過程を経ても残っている部分が、すなわち「純粋さ」ということにはならないだろうか。

すると柳井は、まさか褒められるとは思わなかったのか「ありがとう」とはにかんだ。

「でも誇張じゃなくてさ、本当にガキっぽいんだ。俺はね、道が好きなんだよ。坂とか曲がり角とか、この公園もそうだけど、いろんな場所のわずかな変化を探すのが楽しくてたまらないんだ。きっと冒険ごっこをする少年みたいな感じかな」

「なんだか楽しそう」

「どうかな。女の子にはちょっと退屈かもしれない」

カマキリを茂みに逃がすと、柳井は再び歩き出した。さっきよりも格段にゆっくりと、きっとわずかな変化を探したくてそうしているのだろうけど、まるで私のために時間を割いてくれているみたいでとても緊張した。

「上に兄貴が二人いるせいでね、俺はずっと車の助手席に座れなかったんだ」

狭い道路へ出て、中央を歩きながら彼はそんなことを口にした。いったいなんの話が始まるのか見当もつかなかったけど、きっと私の目はキラキラしていたと思う。柳井の目が、まるで将来の夢でも語るように生き生きとしていたから、彼に思いを寄せる私がその話を楽しめないはずがなかった。

「思い返してみるとさ、小さいときから助手席に座るのは母親か兄貴のどっちかって決まってたんだ。だから、自分から座りたいなんて思ったことすらなかったかもしれない。だけど、中学生になって初めて家族でウィズリーランドに行ったときに、初めて俺が座ったんだ。いや、正確には座らされたんだったかな。開園前に着くつもりで夜明け前に出発したから、兄貴たちはいまのうちに眠っておきたいって、親父の相手とナビゲート役を俺に押し付けたんだよ。そのせいで音楽も流せないし、これからどうやって時間を過ごそうかって心配してたんだけど、実際はなにも問題なかった。ずっと窓から見える景色に目が釘付けだったよ」

柳井はふと足を止めて、道の左側に寄った。私も慌ててうしろにくっつく。うしろからやって来た車が、慎重に私たちの横を通り過ぎると、彼は「ほらね」と言った。

「変だと思わない？　道は人のために作られたはずなのに、人が道の真ん中を堂々と歩くことができないなんて。この道路も、駅前のロータリーも、みんな車を中心に作られてるんだ。助手席に座ったとき、俺は初めてそれに気付いたよ」

「じゃあ、柳井くんは車が嫌いってこと？」

「反対だよ、すごく好きになったんだ」彼の目は輝いていた。「普段歩き慣れた道もね、車に乗って真正面から眺めると、まったく別物になるんだ。道がパノラマ写真みたいに広々としてて、どこへでも続いてるんだなってすごく実感できる。日が昇るにつれて街が表情を変えていく姿も、歩いているときよりずっと新鮮に思えたよ」

赤みの少ない空。

黄色く照り返す車のボンネット。

藍色に染まる電柱。

これだけ溢れているのに、街の表情なんて、意識したことさえなかった。

「だからさ、今度は自分から進んで帰りも助手席に座りたいって頼んだんだ。親父は喜んでくれたよ。地図を見ながら、夜明け前には店のネオン、明るくなってからは通りの名前とかで案内したんだ。帰りは、日没前に出発してだんだんと暗くなっていったから、行きと同じものが目印にできて、我ながら完璧なナビゲーションだったね」

話に集中していたつもりが、いつのまにかきれいな歯並びだな、とうっとりしてしまうほど、彼の笑顔は魅力的だった。

「ごめん、退屈だったよね。こんな話、滅多に人にはしないんだけど」

「ううん、気にしないで。すごく面白いから」

私は首を痛めそうなほど強く振りながら、ふとこの人と付き合えたら幸せだろうなと思った。

普段は気にも留めない枯れ枝も、彼と一緒に世界を覗けば、たちまち魔法のステッキに変わる。森を桃色に染めたり、雲を水色に溶かしてしまったり、そんなことが簡単にできてしまうような気がした。

この柳井の笑顔が、私はとくに好きなんだ。

2

気付けば、私は最後に見たときの柳井の顔を思い出していた。

それはこれっぽっちも笑顔なんかじゃなく、私の存在に気付き、「しまった」とでも言いたげな顔だった。きっとちとせと二人きりの会話を聞かれたと勘違いして、驚いたのだと思う。

私はすぐに走って逃げ出したけど、逃げても逃げても、私が残してきた足跡を執念深く追ってくる悪魔みたいに、さっき見てしまった彼の表情が頭に焼きついて、家に帰っても忘れることができなかった。

あのときに似ている、妙にそわそわするこの感じ。

「もう半分くらいは片付いてきたから、百合香ちゃんには一緒にぬいぐるみをお願いしようかと思って。私と二人でやればスピードアップするだろうし」

「ダメ。一緒だと効率が悪い」

私が強く言い切ると、ちとせは戸惑いの表情を見せた。木嶋もちりちりの髪の毛を指に巻きつけながら、静かに困惑している。

「だって木嶋は男なんだからさ、テレビとかコンポとか、そういった大型のものから片付けてくれないと意味ないって。代わりに私が本棚の中身をきれいにして、終わった頃に木嶋が解体に入れば無駄がないでしょ」

「でも、本棚だってかなり重いし……」

「心配ないって。私は案外、力持ちなんだから」

私は袖をまくった。けれど、ちとせのジャージはゴムの部分がきつくて、少しも上がらない。

今度の読みが正しければ、ちとせは本棚になにかを隠しているはずなのだ。返そうとしてローテーブルに第二ボタンをしまっているわけがないし、鍵のかかった机の引き出しだって、ビデオテープしかなかった。もう他には考えられない。

いずれにしても、私に見られたくないなにかがあるのは間違いないのだ。

その証拠に、ちとせのお母さんに話を聞いて一階から戻ってきたとき、ちとせの部屋には目立つ変化が二つあった。

ひとつは、廊下に出された通信教材の束やカラーボックスの代わりに、音楽が部屋中を満たしていたこと。

もうひとつは、木目調のコンポが楽しげに音を奏でているその横で、ちとせと木嶋が会話していたことだ。

まるで子どもの頃の夢を彷彿《ほうふつ》とさせる、きらびやかで弾けるような曲が流れている。知識のない私でも、その曲はすぐに「ウィズリーランドのパレードで流れるもの」だとわかった。もちろん、音楽が流れていようと、二人が会話をしていようと、それ自体はおかしくもなんともない。引っかかりを覚えたのは、二人が内緒の打ち合わせをしていたように見えたことだ。CDを再生した理由が、音楽に紛れてこっそり喋るためだとしか思えないほど、ちとせは私を見るなり慌てて話を中断させた。それもぎこちない態度で。

「百合香ちゃん、本棚はあぶないし、やっぱり木嶋くんには頼もうかなと思って」

唐突に、信頼していた人に裏切られたという気持ちが湧き起こった。納得できない私は、

「なんで、私じゃダメなの？」と訊いていた。

「え？」

「木嶋じゃなくて、私が本棚を片付けたらなにか問題でもあるの？」

「もちろん、そんなことはないけど……」

「それなら、私に任せて」

人差し指で頰を搔きながら、ちとせは言いにくそうに答えた。

思い返せば、なぜかちとせは本棚を片付けることを後回しにしてきたように思う。かさばるものから手をつけようと提案したときも、「先に小物類をやって」と止められたのだ。私は彼女なりの考えがあってそうしているのだと思い込んでいたけど、いまはっきり違うとわかった。木嶋には頼めても、私には頼めない。それこそが、私を本棚から遠ざけたいという決定的な証拠じゃないか。

私は本棚を睨みつけた。

ちとせの本棚は女の子の部屋には似つかわしくなく、巨大で圧迫感があった。幅は両手を広げたほどもあって、もし上に物を置かれてしまったら踏み台がなければ届かないくらいに、高さもある。だからといって本がぱんぱんに詰まっているわけじゃない。下から順に埋めていったのか、上のほうになるにつれ隙間がたくさん空いていた。ほとんどが教科書や参考書、百科事典や辞書など学校関係のもので、床に投げ出されていた中学の卒業アルバムもいつのまにかここにしまってある。

視線を感じて振り返ると、ちょうどちとせが目を背けたところだった。まるで手渡したぬいぐるみが乱暴に扱われないかとひやひやしている幼稚園児みたいに、明らかに私の行動を気にしている。

そこまで触れないでほしいのなら、ちゃんと説明してくれればいいのに。

わざとちとせを意地悪に無視し、私は段ボール箱に懐かしい教科書を順番に詰めていった。もう後ろめたさなんて知ったことじゃない。せっかくちとせのために手伝いに来たというのに、親友の私を除《の》け者にしようとしたのだ。

なんだよ、私なんて全然いらないじゃん。

「ねえ、百合香ちゃん」

「なによ」

首を向けると、ちとせは私の持っている段ボール箱を指差していた。

「……教科書はぜんぶ持っていくの大変だから、捨てちゃって大丈夫だからね」

「わ、わかってるよ。言われなくてもそうしようと思ってたとこ」

きっといまの私は、雨に打たれてずぶ濡れになったときのように、痛々しいほど不機嫌な顔をしているはずだ。だけど流れている陽気な音楽のせいで、なぜか間の抜けた怒り方になってしまう。

私は段ボール箱をひっくり返し、散らばった教科書をいちから重ねていった。ちとせの言うとおり、新居が過去の遺物で溢れてしまったら、この部屋の二の舞いだ。

しかし捨てるものにもなにか隠されているかもしれないので、私は金目のものを探す泥棒みたいに次から次へと抜き取った教科書を調べ、いらないものを手前に積んでいった。念のため、空いた棚の奥を覗いておくことも忘れない。

ふと、私はいったいなにを期待しているのだろう、という考えが過った。

ちとせが私に黙って柳井の第二ボタンを貰っていたところで、いまさら責めることもできなければ、ただみじめな思いをするだけだ。だいたい、本当にちとせが第二ボタンを持っているという確証だってない。

しかし確証がないとはいえ、ちとせの反応を見るかぎり、私になにかを隠しているのは事実なのだ。たとえ第二ボタンでないとしても、それに匹敵するものである可能性は高い。

ちとせとは恋の話など一度もしたことがないとはいっても、彼女の感覚的に本質を見抜く能力があれば、私がだれを好いていたかなんてすぐに見当がつきそうなものだ。もしそれがわかっていれば、私のためにいろいろと黙っていることだってありえる。

やっぱりそれが答えだ。木嶋には伝えられるのに、私には内緒にしなければならない事情といったら、「恋」にまつわる話以外は考えられない。

私は覚悟を決めた。知りたいという欲求をこれ以上封印することは、もう不可能だ。

「よし」

声を出して気合いを入れる。

私は数時間前に見た小豆色のアルバムを引っ張り出した。深呼吸をし、それから一枚一枚ページを捲っていく。

開いたのは三年B組。私と柳井が一年を共にした思い出のクラス。

写真に収められた柳井の顔は、すでに歩むべき将来への道筋を見つけ出したかのような、決意を滲ませた表情をしている。思ったよりも大人びた凛々しい顔に、私はびっくりした。

想像の中の柳井は、もっと幼くて素朴なイメージがあったのに。

私は早々に視線を引き剝がし、別のページに移った。いまの写真は襟元までしか写ってないし、そもそも撮られた日が違う。

私は先を急いだ。一気に後半まで捲っていく。体育祭、学園祭、芸術発表会。さまざまな行事が続いたところで、ようやく手が止まる。

見開きの中央に大きく写る柳井の姿。貰ったばかりの卒業証書を手に持ち、校門の前で仲間たちと膝を曲げて飛び跳ねている。卒業後に郵送される私たちのアルバムには、ちゃんと卒業式の日の写真があるのだ。
一、三、四、五。
一、三、四、五。
いくら数えても変わらない。

柳井の学ランには第二ボタンがついていなかった。きっとこの日に失ったのだ。

やっぱり時間なんて頼りにならない。

写真を見た途端、あのとき覚えた悔しさや混乱がまるで冷凍保存していたみたいに鮮明に蘇ってきて、私の心をかき乱した。どうして現実はゲームのようにリセットできないんだろう。一度失敗したらおしまいだなんて、あまりにも残酷すぎる。

あのとき柳井と親しくなっていれば、私の人生は別の色に変わっていたのだろうか。

あのとき勇気を出していれば、ぽっかりと心に穴が開くこともなかったのだろうか。

あのとき。あのとき。あのとき。

中学生だった私は、きっと運命の分岐点で決断を誤ってしまったのだ。発車した電車は、いまも私を乗せたままどこにも到着していない。降りることも許されず、私はこの先もずっと臍《ほぞ》をかみ続けるしかないのだ。

3

日の暮れる頃はやけに時間が短かった。太陽は地面に足をかけると、まるでそこから滑り落ちるみたいに急に沈んだ。だから私たちも暗くなるにつれて早歩きになった。

時間は惜しかったものの、でも駅に着くまでに思いのほかたくさんの話ができた。トイレットペーパーがなくて授業に間に合わなかった男子の話やプロレスの話、前年の夏休みに聞いたウミガメの話。

柳井は心地よいタイミングで相槌を打ち、笑い、共感し、適度に話に参加してくれた。私は少しくらいお喋りな女だと思われてもいいから、自分のことをできるだけ伝えようと試みた。途中からなにを喋っているのか自分でもわからなくなったり、緊張して目を見られなかったりもしたけど、おおむね好感触だったと思う。

もし堂々と「好意」という洋服に着替え、女の子らしく、言葉の端々にハートマークをつけることができれば、こんなに不自由しなくて済むかもしれない。でも私は精一杯だった。

「そういや来週、芸術発表会があるよね。宮崎さんのクラスはなにをやるの?」

「えーと、私のクラスは……」

ホームまで上ると、階段付近におなじ中学の生徒が何人か見えた。

「ねえ、端っこまで行っていいかな。私が降りる駅、そこからだと階段が近いんだよね」

私は柳井の了承を得てから、その集団を避けるようにして、ホームの端まで歩いた。別に見られたって構いはしないのに、どうも周囲の視線が気になってしようがない。たぶん、私は自分に自信がないのだと思う。

「そうそう。私のクラスはね、バンドだよ」うしろに聞こえるように、私はときどき振り返りながら話した。

「クラスの男子がやりたいって言うからさ。だれも反対しなかったし、他に意見も出なくてあっさり決まっちゃった」

「へえ、バンドなんて珍しいね。それ、一クラスからいくつ出るの？」

「ひとつだけだよ。だから私は当日、ずっと観客なんだ。まあ、合唱でピアノ弾くのなんて小さいときからやってきたから、飽き飽きなんだけどね。それで柳井くんのところは？」

「うん、俺のところは演劇」

「へえ、楽しみだな。もしかして柳井くんも出演するの？」

「残念ながら俺は裏方だね。そういう才能ないし、猪原とか新巻とか、上手なやつがごろごろいるから」

「そっか、そうだったね」

新巻。ちとせがそういう風に呼び捨てにされていることが、なぜか羨ましくて悔しかった。

そういえば、ちとせから演劇の進行具合はたびたび聞いている。部活以外にもその練習があるせいで、今日も遅くまで帰れないらしい。私のいるバレーボール部も、芸術発表会に熱心な人が多くて、ほとんど自主練習になっていた。もしかしたら柳井の弓道部も似たような状況かもしれない。

ホームの一番端には屋根がない。だから私が白線につま先を揃えて立ち止まると、影は外の闇に溶けてしまいそうだった。あとから柳井も私の隣に並び、そうするとふたつの影が重なって濃くなる。いままでで一番、彼に近づいた瞬間。

「台本が途中だから詳しく知らないんだけど、本番は女子がみんな男装するらしいんだよね」

「男装……なんでまた?」

「さあ。だから男子が学ランを貸さなくちゃいけないんだってさ。恥ずかしいよね、体育館で俺らだけジャージっていうのも目立ちそうで」

「いいじゃん。それもいい思い出になるよ」私は小さく笑った。「それにしても楽しみだね。小夜とちとせの演技」

「ほんと。とくに二人はすごいからね」

さらりと彼の口から出た言葉に、私はますます嫉妬しそうになった。

小夜に憧れて演劇部に入ったちとせは、ことあるごとに「小夜ちゃんにはかなわないよ」と私に洩らしていた。たまに演劇部の稽古を覗きに行っても、細かく演技指導しているのは小夜のほうで、目に涙を浮かべながら、はい、はい、と言って唇を噛んでいるのがちとせだった。

そうはいっても、一度幕が上がれば、素人目には二人の差なんてほとんどわからない。それどころか、中学生の演劇部の中では、二人の実力がずいぶん際立っていた。

驚くべきことに、ちとせは短期間で目まぐるしいほど成長したのだ。

もしレースにたとえるなら、ちとせは決して遅いわけじゃなかった。小夜があまりに速すぎるのだ。トップを独走している小夜に必死で食らいついているうちに、いつのまにかちとせも他を寄せつけないほどのスピードを出している。完全に二人だけのデッドヒート。

いつだったか、小夜がこうぼやいていたのを思い出す。

「一見逆だと思われてそうだけどさ、実は才能って、努力の前には歯が立たないんだよね。しかもやっかいなのはね、自分では努力してるつもりなんて少しもないやつ。ありゃ無敵だよ」

あれはきっとちとせのことだったのだろう。小夜を本気で焦らせるほど、ちとせは目覚しい伸びを見せたのだ。本人は自覚していないが、ちとせは鈍くさいくせにとても器用なのだ。そのうちちとせも、「私も演劇の世界で頑張っていきたい」なんて言いそうだ。

二人とも、私の自慢の友達。一方の私は、誇れるものなんてなにも持っていない。主役になんてなれないどころか、自分の人生の中でも脇役のようなものだ。

警笛が鳴り、まるで日の出を迎えたように眩しい光がホームに進入してきた。柳井の顔も私の体も急激に白みを帯びて、一瞬この場から消えたような錯覚に陥る。私たちは一歩下がって、すぐ前を通過していく銀色の車体とまばゆい明かりを目で追いかけた。そのうち残像にはっきりと輪郭が浮かんできて、やがて電車が止まった。

ぷしゅーと空気の洩れる音がし、ドアが開く。待ちくたびれてなんかいないくせに、私はため息をついた。むしろ電車が少しくらい遅れたって、今日だったらちっとも責めないのに。

入り口に片足をのせると、車内は外の暑苦しさを忘れるほど涼しい温度に保たれていた。

いまさら汗でシャツが透けていないか心配になったけど、あとからついてきたのは「じゃあね」という彼の声だけだった。

「あれ、柳井くんは乗らないの？」

私がうろたえると、柳井は電光掲示板を向いて、「うん、これ急行だから」と言った。

「俺のところ、準急じゃないと停まらなくて」

「あ、そうなんだ」

これじゃ予想と違う。

あともう少しだけ一緒にいられると思っていただけに、焦りが、準備もできていない私の背中を押してきた。今後また下校を共にできるという保証はどこにもないし、私には言っておかなければならないことがある。

乗りたかったバスの時間には間に合わないけど、電車から降りよう。発車するまでの時間で、どうにかしないと。

――宮崎のやり方はさ、たまに強引なところがあるんだよ。一歩間違えたら、周りが離れていくぞ。

突然、小学校のときに好きだった五十嵐の顔が、柳井とダブって見えた。言葉が頭の中で警告のように鳴り響き、私は耳を塞ぎたくなる。

気付いたときにはもう、薄暗いホームで柳井が手を振っていた。

言葉もなにもないまま、まるで私たちの仲を無理やり引き裂くみたいに、乱暴な音を立ててドアが閉じる。私にできることはもう、手を振ることしかなかった。

好き。

この瞬間、なぜかわからないけど、私にはこの先たった二文字の言葉を、彼に告げられる日が来ないような気がした。

電車が出発し、ホームに立っている柳井が、少しずつ景色と一緒に流れていく。

私は走って追いかけた。運転席の窓から、もう一度柳井の姿に向かって、手を振る。好き。思いが伝わるように、とにかく懸命に振り続ける。

だけどその甲斐なく、彼が私に気付くことはなかった。

だんだんと遠ざかっていく柳井は、なぜか私に向かって深々とお辞儀をしているように見えた。

4

柳井と帰路を共にしたことは、あれから偶然にも二度あった。だけど、どちらも最初の日に比べたら、なぜか海の底を歩くみたいに重々しくて、会話になんてならなかった。息苦しさの中で、それでも私はひたすら彼の口が開かれるのを待った。うまく説明できないけど、彼の顔が、なにか重大な報告をしようと思い悩んでいる風に見えたからだ。

　でも駅に着くと、私たちは結局おなじような別れ方をした。なにも言わずに手を振り、私が先に電車に乗り込む。

　柳井が伝えたかったことを、当時の私は好意的なものだと捉えるように努力した。私たちが親しくなるには、どちらかが壁を壊して、もっと内側に入り込んでくる必要があって、そのためにいま、彼がアクションを起こそうとしているのだと思いたかった。

　だから芸術発表会が終わり、柳井との交流が一切なくなってから、私は自分の思い切りが足りなかったことをひどく後悔した。受身にならず、図々しくてもいいから、とにかく一歩踏み出せばよかった。そうすれば、少しは進展した可能性もあるのに、と。

　でも冷静に考えると、それは都合のいい解釈だった。単純に自分の気持ちが高揚していたから楽観的に受け止められただけで、彼は端から私に興味などなかったように思える。だってお辞儀だ。いまにして思うと、別れ際にお辞儀をするなんて、その心理はさっぱり想像がつかない。

　中学生同士の別れの挨拶として、お辞儀はまったく相応しくないし、同級生なのだから私がひそかに尊敬されていたはずもない。それに、別の日に駅のホームで柳井と部活動の仲間が一緒だったのを見かけたとき、彼はお辞儀などしていなかった。私のときは、三度ともしていたというのに。

もし彼が私に対して個人的に特別な感情を抱いていたとなると、もうひとつ可能性があるのは「謝罪」だった。

だけど、悔しいくらい私と柳井に共通点なんてないのだ。喋ったこともほとんどないと言っていいのだから、当然謝られるような覚えもない。

いくら考えてみても、それはモノクロ写真から服の色を想像するみたいに見当もつかないことだった。ただどんな意味であれ、あのお辞儀は親しみとはかけ離れた行為だと思う。それだけで、私は越えることのできない深い溝を感じたのだから。

柳井と私の間に、実際は「あのとき」という分岐点なんて存在しなかったのだろう。初めから可能性はこれっぽっちもなかったのだ。ただ、それだけ。そんな風に思い込まなければ、私の未練はしつこくて、消えることがない。

「ねえ百合香ちゃん、大丈夫？」

気が付くと、ちとせに名前を呼ばれていた。

「あ、うん。平気」

私はどうやら卒業アルバムを持ったまま、しばらく固まっていたようだ。「なんでもないよ」とそれを段ボールに入れたものの、やっぱり考え直して本棚に戻す。なんとなく、これをしまうのは最後でいいような気がした。

「あのさ」

私が音楽に掻き消されそうなほど小さな声で言ったにもかかわらず、ちとせは冬物のコートを畳む手を止めて顔を上げた。木嶋も相変わらず人の話を聞いているのかいないのかわからないような態度で、テレビのコードを束ねている。

「別れ際にお辞儀をするってさ、どういう気持ちの表れかな」

本当はこんなことを訊くつもりはなかった。真実を知ることで、過去がさらに悔やんでも悔やみきれないものになることもある。でも私はきっと、心に嘘をつくのが下手なのだろう。憶測だけじゃ自分を納得させることができない。ちゃんとたしかな証拠を提示されないかぎり、胸のもやもやは取り除けないのだ。

「それだけじゃなんとも言えないけど、基本的には相手を敬う気持ちの表れじゃないのかな」

「じゃあお辞儀をされた人は、その人と心の距離が遠いってこと?」

「心の距離?」

難解な問題にぶち当たったように、ちとせがいつになく考え込んだ。それが私の心の奥深くを探ろうとしているように思えて、私は気が気でなかった。

「百合香ちゃん。もう少し詳しく状況を教えてくれないかな。それって、どこで別れたの？」

「あ、いや……」まさか質問をされるとは思わず、用意がなくてまごついた。慌てることはないのだ。「だれか」を答えなければとくになにも問題はないのだから。

「駅のホームだけど」

そう答えると、ちとせは桃色の眼鏡のつるをすっと指で撫でた。謎が解けたときのお決まりの癖。たったこれだけの情報でいったいなにがわかったのだとつい疑いたくなるが、ちとせが間違えたことなんて一度もない。

ちとせは急に立ち上がると、腰を折って深いお辞儀をしてみせた。せっかく畳んだコートが膝から落ちたが、少しも気にする様子がない。

「私はいま、なにしてるように見える？」

ちとせのポニーテールがぶわっと前に垂れて、花が咲いたように広がっている。私は笑いを堪えて、「お辞儀でしょ」と答えた。

「ぶー、残念。正解は井戸の中を覗き込んでいる、でした」

「なにそれ。とんち?」

いったいだれがこの状況下でユーモアを求めるのだ。呆然としていると、さすがの木嶋も手を止め、首を傾げていた。

「そうじゃないよ。ただその人も同じことをしていたんじゃないかな。つまりホームから線路を覗いてたとか」

私は電車から離れていく柳井の姿を思い出した。もはや、言われてみればそうかもしれない、という程度の曖昧な印象しか残っていないのに、なんだか違うような気がする。

「そうだとしたら、なにを覗いてたっていうの?」

「百合香ちゃん。それ、中学生のときの話でしょ?」

私はぎくりとした。「なんで」と声が出たあと、喉が詰まったような感覚に陥る。

「だって卒業アルバム見て思い出したような感じだったから、きっと中学のときの話だと思って」

ちとせをだいぶ甘く見ていた。私は自分だけじゃなく、ちとせにすら嘘をつけないのだ。

「駅で別れるってことは、下校時ってことでしょ。たしか百合香ちゃんは、帰りの電車は必ずホームの一番端まで移動してたよね。一番うしろの車両に乗るために。実はあの駅、ツバメの巣があったんだよ。それもちょうど百合香ちゃんが電車を待つあたりに」

「全然、気付かなかった」まっすぐに走っているつもりが、突然目の前に誘導員が現れて、コースはこっちですよ、と教えられたような気分だった。「でもさ、それだったらお辞儀なんてせずに、見上げるよね」

「そうじゃないよ」ちとせは人差し指を足元に向けた。「巣があったのはホームの下だから。ほら、人が転落したときに避難できるようになってる空間があるでしょ。あそこに作られてたんだよ。ツバメって外敵から身を守るために、人気《ひとけ》の多いところに巣を作る習性があるから。あの場所は電車が通るし、乗客も少なくないから、なかなか快適な空間だったんじゃないかな。ほとんどのツバメが毎年おなじ場所に巣を作るっていうから、もしかしたらいまもあるのかもしれないね」

私はなにか拭いがたい違和感を覚えていた。道を示されて走らされながらも、この道で合っているのかという漠然とした不安が付き纏《まと》ってくる。きっと音楽が流れているせいで、ちとせがいつもより大きな声で話すからかもしれない。

もちろん、こんな疑いは気のせいに決まっている。だってそんなことをして、ちとせになんの得があるのだ。

だけど私は、どうしたって納得できないことは受け入れられない性格らしい。

「ちとせ、もしかして私がだれの話をしているかわかってる?」

ちとせの表情が一瞬固まったように見えた。それからゆっくりと眼鏡が持ち上がり、その手で頬を二度掻いた。そういえば、さっきから触っている気がする。

「まさか。わかるわけないよ」

急に私を支えていた世界がぐらついた。胸のあたりから、苦いものがこみ上げてきて、私は無理やり唾を飲み込んだ。なにも説明できないのに、なにかがおかしい。だって、本当にちとせは――。

「ちとせ、お父さんが呼んでるよ」

いきなり部屋の扉が開いたと思ったら、ちとせのお母さんが立っていた。腰にエプロンを掛けている。まだ片付けの最中のようだ。

「わかった。いま行く」ちとせは立ち上がると、「ごめん、ちょっと待ってて」と言って部屋から消えた。

「なんだか緊張感のない音楽。作業中に流すなら、『天国と地獄』とか、もっと忙しいやつのほうがいいよねえ」

去り際、ちとせのお母さんが私たちに同意を求めるように訊いてきて、私は「ですよね」と曖昧に苦笑した。木嶋に至っては、それすらも無視だ。

ふたたび二人きりにされ、私は大きな咳払いをした。鈍感なのか無愛想なのか、木嶋はこちらを向こうともしない。

「ねえ、ちょっと訊きたいんだけど」私は語気を強めた。ちょっとくらい苛立っていることを感づかせたい。

「あんたさ、なにか隠してるでしょ。私が入ってきたとき、ちとせとなにか話してたじゃん」

木嶋は小さめの洋服ダンスの引き出しが開かないよう、布をかぶせて紐で固定していた。私は木嶋の口から「大したことじゃない」とか「くだらないことだ」とか、そういった言葉が出るものだと思っていた。でも木嶋はまるで予想外のことを口走った。

「それは言えない」

「なんで、言ってくれてもいいじゃん」

私の主張は、まるっきりのれんに腕押しだった。木嶋は体勢を変えて、紐をぴっと引き伸ばした。

「ねえ、なんなの。どうして私には言えないの?」

「僕のところ、そろそろ終わるんだけど」

コミュニケーション能力が低いくせに、よくも嫌みな台詞が出てくるものだ。遠まわしに、私の作業が遅いことを指摘している。

私は気だるく返事をした。柳井のことも、ちとせのことも、いまは頭の中から追いやったほうがいい。

私はしゃがみ込んで、本棚の一番下を片付け始めた。このあたりは小学校低学年のものがしまってある。そういえば「生活科」なんていう理科と社会を混ぜ合わせたような授業があったな、などと懐かしい教材を見ていたら、ふと一年生の国語の教科書が目に入った。手にとって目次を開いてみる。『たぬきの糸車』が掲載されていて、同時に木嶋の下手くそな音読がよみがえる。

私は教科書を閉じた。それを積み上がった山の一番上に置くと、なんとなくこの本だけが他と馴染んでいないことに気付いた。本と本の間に、わずかな隙間が空いているのだ。手にとってみると、表紙がべろべろにふやけていた。

似たようなものをどこかで見たような気がして、私は床に散らばった洋服を捲っていった。たしかこの辺だったはずだと思っていると、ちょうどちとせが座っていたデッキーのクッションの下からはみ出していた。

「1ねん4くみ　あらまき　ちとせ」

ちとせがデッキーの部屋を説明してくれたときに使っていた「じゆうちょう」だ。国語の教科書と同じように、端がべろべろに捲れ上がっている。

私もかつて本をこんな状態にしてしまったときがあった。小学校のとき、自由な鞄で行ってもいいという特別な日に、トートバッグで行き雨に降られたのだ。そのとき中に入れていた本が濡れてしまって、あとで図書館に謝りに行った覚えがある。

でも濡れているものはほかにない。なんでふたつだけ濡れたのだろう。

ふいに大きな声を出しそうになって、私は自分で自分の口を塞いだ。木嶋に侮蔑するような目を向けられ、即座に不自然な笑みを返す。でも私を襲った衝撃は生半可なものじゃなかった。

――私は木嶋くんのこと、みんなが言ってたような変人じゃないと思ってるから。

――だって名前を覚えてたら、その女の子の名誉に関わるかもしれないから。

あのとき、どうしてちとせが女の子がだれだか覚えていないのかを訊いてきたのか。いまなら不思議なくらい説明がつくではないか。

ちとせの教科書と「じゆうちょう」はおなじ日に濡れたのだ。しかも、この場にいる木嶋の手によって。

もうこう考えるしかない。「花瓶の事件」の被害者は、新巻ちとせだったのだ。

5

私は手の震えを抑えようと歯を食い縛ったが、それでもまったく止まる気配がなかった。これじゃあちとせが戻ってきたときに悟られてしまう。仕方なく、腕をぱしんと叩いて黙らせる。

「いたっ」

痛みが走るだけで、なにも効果はない。木嶋が訝しげな視線を向けてくる。屈辱的だ。

「いや、ほら、蚊がいたから」

木嶋は明らかに、こんな時期にいるわけない、とバカにするような目つきをしていた。たしかに、これじゃあ変人扱いされても否定できない。

でも取り乱すのも無理はない。だってとんでもない事実が発覚したのだ。

小学一年生のあの日。授業中、トイレを我慢できなかった女の子のために花瓶の水をかけたのが木嶋ということなら、「あいつ、本当は優しいところがあったんだな」という美談で済む。ところが相手がちとせなら話は別だ。正義感など関係なく、単純に好きな女の子を助けてあげた、というなんの変哲もない構図になる。

幼い頃から洞察力に優れていたちとせが、木嶋の感情を見逃すはずがない。そのときから木嶋の好意を知っていたと考えるのが普通だ。

だとしたら、ちとせが木嶋の気持ちを受け入れた可能性だってゼロじゃない。

……いや、そんなわけないか。話が飛躍しすぎた。

私は作業中の木嶋に目を向ける。鳥の巣頭にたらこ唇。お世辞にも褒められた外見じゃないが、たしかに性格は悪くなさそうだ。私のことを必死にフォローしてくれたこともあったし。

信じたくはないけど、二人がすでに付き合っていたとしても、おかしくはないかもしれない。それなら木嶋が引越しの手伝いに来たことも、すんなり受け入れられる。同時に、私のちとせに対する疑惑も、すべて杞憂《きゆう》ということになる。

木嶋に直接訊くべきか。

私は口を開きかけて、すぐに言葉を呑み込んだ。やめておこう。音楽が流れているせいで外の足音が聞こえないから、いきなり扉を開けられることもありうる。

私は今日交わしたちとせとの会話を思い出した。どこかに、そのヒントが転がっているかもしれない。

まず、木嶋がこの部屋に入ってきたときのことだ。私の記憶によれば、たしかちとせは木嶋に「久しぶりだね」と声をかけた。でも人によって、久しいと感じる期間はそれぞれだ。十年ぶりに同窓会で会った友人にも言うだろうし、毎日顔を合わせていた職場の人が一週間ぶりに仕事に復帰しても言うだろう。

もっとたしかな情報を言っていなかったのか。

木嶋はこの部屋に入ったことがなさそうだったが、付き合っていてもお互いの部屋に入ったことのないカップルなんて少なくないし、たとえばちとせの大好きな『キラキラ100%』を読んだことがないからといって、付き合っていないとは言い切れない。きっとどこかに答えがあるはずだ。根拠はないが、ちとせが私の立場だったら、もう解決まで導けるほどの材料を手に入れているような気がする。

突然音が止み、続いてトランペットのファンファーレが鳴り始めた。デッキーの甲高い笑い声が、陽気にこだまする。

パレードのCDが、また頭からリピートされた。

デッキーの声を聞いて、「赤堀ゆう子」という名前を思い出した。たしかデッキーマウスの恋人、デニーマウスの声優だったはずだ。

その名前を耳にした途端、ちとせはウィズリーの熱狂的なファンぶりを発揮し、立て板に水を流すように語りだした。この反応は不自然だ。もし二人が付き合っているなら、もう十分話したことのありそうな内容だ。ちとせが木嶋もラジオのリスナーであることを驚いたのが、演技だったとは思えない。でもこれだけだと説得力がないのも事実だ。

だいたい「付き合っている証拠」を探すならまだしも、「付き合っていない証拠」を探すなんて無茶なことではないか。ちとせが嘘をついている可能性だってあるのに。

いや、できるかもしれない。ちとせが嘘をついているときのことがわかれば、自ずと嘘をついていない場合の証明もできる。

私が「木嶋って引越しを手伝いに来るような仲だっけ」というようなことを訊いたとき、ちとせが言った「説明しづらくて」という言葉。もし本当に付き合っているのであれば、説明できないような複雑な状況でもなんでもない。あのとき、ちとせは嘘をついていたのだろうか。

なにかあるはずだ。私は怠惰な脳みそに働きかけた。

すると、ゆさゆさという激しい摩擦音が聞こえた。木嶋が私を見て、貧乏ゆすりをしているのだ。ちゃんと仕事をしてよ、と腹を立てているのだろう。

「あっ、それだ」

私は木嶋に感謝しつつ、思考をフル回転させた。貧乏ゆすりは、木嶋が苛立ったときに見せる癖だ。ちとせにもいろんな癖があるはずだ。眼鏡を撫でる癖。眼鏡をずり上げる癖。

頬を掻く癖。

——見つけた。

まるで無声映画の台詞を聴き取るくらい不可能なことに思えたものの、私には自信があった。

ちとせが確実に嘘をついたとき、それは「花瓶の事件」の話をしたときだ。私が「本当に覚えてないいんだ」と訊ねたら、彼女はたしかに頬を掻きながら、「うん」と肯いた。そのあと、被害者である自分の名前を伏せつつ見事な推理を披露したのに、覚えてないはずがない。

私はちとせの眼鏡を触る癖に気付いてから、そういった些細な仕種にも注意するようになった。推理が始まると、いつもちとせに先を越されることが悔しかったから、私にもそういった「癖」がついたのだろう。あれは珍しい動きだったから覚えている。木嶋との関係性を訊ねたとき、ちとせは絶対に頬なんか掻いてなかった。

私は胸を撫で下ろす。やっぱり、二人は付き合ってなんかいなかったのだ。一時はどうなるかと思ったが、本当によかった。ちとせと木嶋が仲良くしているところなんて、申し訳ないけど少しも想像したくない。

だがそうなると、反対にどうしてあのとき嘘をついたのか、という別の疑問が生じる。

私は少なくともあと二回、ちとせが頬を掻くところを見た。しかもついさっきだ。ひとつは私が本棚を片付けてもいいかと訊いたとき。

そして、もうひとつは――。

「ごめん、遅くなっちゃった」

ちとせが音もなく戻ってきた。私は慌てて本棚の前にしゃがみ込み、作業を再開させる。

ちとせは私の中で、ずっと「純粋」を体現したような人だった。いつだって正直で、まぶしくて、心が美しい桃色の似合う女の子。だけど、そんなものはすべて私が勝手に作り出してきた幻影だった。

ちとせも私と同じ、人間なのだ。

将来に怯える、普通の女の子。

「引越し屋さん何時に来るのかって、その確認だった。九時くらいには到着するって答えたから、あと……三時間くらいかな。百合香ちゃんも木嶋くんも大丈夫そう？」

木嶋はこくりと肯き、私は遅れて「もちろん」と親指を立てた。

「よーし、じゃあ私も頑張っちゃおう。声、出してかないとね」

ちとせは膝をつき、早速作業の続きに取りかかった。私の心境の変化など気にも留めていない様子だ。

だけど私の心は、まったく穏やかじゃなかった。

ちとせ、私はいったいなにを信じたらいいのかわからないよ。

なんでさっき、「ツバメの巣の話」なんていうでたらめを言ったのか。きちんと説明してほしい。

ちとせと柳井との間に、本当はなにがあったのかを。

第六章　卒業式と引越しトラック

I

外がすっかり明るくなっていることに気付いたのは、どこからか人の唸り声が聞こえたからだった。でも実際は唸り声なんかじゃなく、私の鞄の中で、携帯電話がウーウーと震える音だった。

私は二時間近く、ひたすら不要なゴミをまとめたり、絨毯を念入りに掃除していた。部屋を満たしていたウィズリーランドのパレードの音楽は、メロディーはもちろん、デッキーが甲高い声で笑うタイミングや、悪そうな魔女が呟く意味のわからない英語の台詞まで、暗記してしまうほどすっかり聴き込んでいた。会話もせずに作業に没頭していたから、きっとCDが止まったあとも、頭の中で勝手にパレードが続いてしまっていた。

一息ついて、鞄から携帯電話を取り出してみる。画面にはだれの名前も表示されていなかった。アラームだ。「ラストスパート！」という応援メッセージが点滅していて、ボタンを押すまで止まらない。

そういえばちとせの家に来てまもなく、私は引越しの終わり際で精根尽き果てているだろう情けない自分を想像し、奮い立たせるつもりでこんな設定をしていたのだ。

「百合香ちゃん、電話、出なくていいの？」

「うん、平気」

ボタンを押し、なんでもないよ、と携帯を振ってみせる。紐だけのストラップが手の下で振り子みたいに揺れ、ちょうどデッキーの首振り時計のように見えた。もう八時だ。ちとせはゆっくりと桃色の眼鏡を押し上げると、つられて時計を見上げた。「そっか」と言い、「もうそろそろ終わりそうだね」とにこやかに続ける。明るく振る舞っているつもりだろうけど、声がだいぶ疲れていた。

無理もない。ちとせが元気よく、「やった、もうすぐ終わりだね」なんて喜ばないことは、もうとっくにわかっていたことだ。これから積み上げられた人生の宿題に立ち向かっていく親友に、いまさら気休めや同情の言葉を送ったところで、ちとせが救われるわけじゃない。

ぎゅいー、とリュックサックを閉める音が聞こえると、前方の影がさっと立ち上がるのがわかった。木嶋が銀色のペンチを持って、これから本棚の棚を外しにかかるところだった。唇を突き出しているが、不満ではなさそうだ。無口な鳶《とび》職人みたいに、淡々と仕事をこなしている。

私もいま畳んでいる分の洋服を詰めてしまえば、引越しの準備はようやく終わりだ。クッションの上くらいしかなかった足の踏み場も、いつのまにか大の字で寝られそうなほど広々としたし、コンポやテレビも片付いて、あとはタンスやベッドや机など、大きな家具を運び出すだけとなった。

人間、やればできるものだ。

初めは「巨人の子どもが癇癪を起こして暴れ回ったあとのような部屋」だったのに、いまでは巨人どころかまるっきり生活感が失せ、かつて人が住んでいたことを想像するのも難しいくらいだった。無謀と思えるような絶望的な状況から、よくもここまできれいにできたものだという喜びは一入《ひとしお》でも、殺風景な部屋を眺めているうちに、なぜか大事な心の拠り所がなくなってしまったような気がして、ふと虚しくなる。新たな始まりよりも、あぁ、これで終わるのだ、という寂寥《せきりょうかん》感ばかりが募って、なんとなく目を背けたくなる光景に思えた。

木嶋の手によって、棚板が一枚、二枚と外されていく。まるでカウントダウンでもしているかのように、かたんかたんと正確なリズムだった。

結局、私が探すかぎり、本棚から怪しいものは一切出てこなかった。ちとせが何かを隠しているのは間違いないと踏んだのに、私にはなにも見つけられなかったのだ。

ということは、すべて私の勘違いだったのだろう。レンズの奥の、ちとせの寂しげな目を覗き込んでも、私に嘘をついた理由なんて欠片《かけら》もわからないし、そもそもちとせが私に隠しごとをしているということ自体、やっぱりおかしなことだ。柳井の第二ボタンも、ツバメの巣の話も、全部私が見当違いなことを考えているだけだ。

無意味な憶測。

きっとそう。そうなのだ。だって、ちとせは大切な、大切な私の親友なのだから。

ふと携帯に目を落とす。強く握っていたせいか、ストラップはまだ揺れていた。海のように青かったはずの「アカシア号」の紐は、擦り切れ、まるで繊維の隙間から墨を染み込ませたみたいに、埃っぽく黒ずんでいる。

友情の証。親友との思い出。だけどそんなもの、考えてみればあまりにも脆《もろ》い存在だった。

時が経つにつれ、友情の絆がだんだんとストラップみたいに色褪せていくのは、どうしたって避けられないことだ。ちとせと私の関係は、毎日一緒にいた頃とは明らかに違っているし、時間は逆行できないのだから元に戻ることもない。もはや中学の途中で顔も見なくなった小夜なんて、私の親友と呼べるのかどうかだって、怪しい。

るし。

——あ、いいじゃん。三人でこれぶら下げて歩いたら、見るからに仲良しって感じがする

楽しげな小夜の声を思い出す。

未練がましい。私はいつまで、楽しかった夏休みの記憶を引きずるつもりなのだ。どちらにしたって、小夜は私のことを、もう親友だとは思っていないかもしれないのに。

小夜とは、あれから喧嘩別れをしたままだった。最後まで仲直りできなかった。きっと、それも私に非があるからだろう。私が意固地になって素直に謝らなかったせいで、小夜が学校に居づらくなったのだ。

卒業アルバムのどのクラスのページにも、小夜の写真は一枚も残っていない。三年生に上がる前に、小夜がなにも言わずに学校を去ってしまったからだ。そう、なにも言わずに。だからおなじように、引越しが終わって、ちとせが私の知らない遠くの場所に行ってしまったら、まるで火の点いた花火をバケツの水に浸すみたいに、たちまち私たちの友情も終わってしまうのだ。あと一時間もしないうちに、あっけなく。

私はちとせの横顔をぼんやりと見つめ、手探りで、携帯を鞄にしまった。

2

「やっぱり逆らうことはできないんだよ」

「え、なんだって？」

私は慌てて顔を上げた。腕を下敷きにしていたせいで、クリーム色のカーディガンにくっきりと黒い線が残っている。思いのほか、窓の桟《さん》が汚れていたようだ。

だけど、ちとせがなんの話をしていたのかを聞き逃していたので、すかさずごめんと謝った。フグみたいに頰を膨らませたちとせが、こつんと、丸めた卒業証書で私の額を小突いてくる。

「ひどいよ百合香ちゃん。こうやって学校で話すことも、今日で最後だっていうのに」

「だからごめんってば。それよりさ、なんの話だったの？」

「大したことじゃないよ。ただ始まりが来れば、終わりが来るんだね、っていう、今日だったらみんなが思っているような、ごく当たり前のこと」

「あ、そういうことか」

私は周りを見た。いまは休み時間というわけでもないのに、なぜか教室に戻らず、廊下で喋っている人たちばかりだ。注意をする人もいなければ、羽目を外して暴れるような人もいない。最初で最後の曖昧な時間。

騒がしいのにどこかひっそりとした印象を受けるのは、それぞれが、なんでもない日常をいまさら噛み締めようともがいているからかもしれない。

「たしかに卒業式なんて、始まったらあっという間に終わっちゃったもんね。映画だったら、いまちょうどエンドロールが流れてる頃だよ。キャスト紹介で、私たちの名前が現れて、そしてすぐに消えていくところ」

「そっか、もうエンドロールなんだね」ちとせが控えめに微笑む。その響きには、感慨深さと、少しばかりの不安が滲み出ていた。「私たち、こうして着々と大人に近づいていくんだね。入学式から今日まで関わってくれた人、みんなの名前があるといいけど」

同感だった。ちとせもこの瞬間、きっと、一年前に学校を去ってしまった親友の小夜のことを思っているはずだ。

そして小学校の頃から仲良くしていた私たちは、これから別々の高校に入り、ばらばらの人生を送る。こうして廊下の窓辺に立って、木々の間から体育館を望むことも、購買部のパンを食べながらくだらない話をして下校することも、一切なくなるのだ。わかっていても、卒業証書を貰ったくらいじゃどうしても実感が湧かない。

廊下の向こうから、七里《ななさと》先生が早足で歩いてきた。まるで危険を察知した小魚のように、それに合わせて次々と生徒が教室に戻っていく。怖い先生じゃないのに、みんな大げさだ。

「宮崎、いつまでも自由時間じゃないんだから、早く教室に入れよ」

「はい先生」じゃ、またあとで。簡単に挨拶してちとせと別れる。

三年B組。私の卒業するクラス。

全員が席に着いたことを確かめると、七里先生は扉を閉めた。一呼吸置き、クラスのみんなに向かって、開口一番、「お疲れさま」と声をかける。いつもなら「おいーす」なんて気の抜けた感じで入ってくるから、折り目のついたズボンを穿《は》いて、見慣れない白いネクタイをしている今日だけは、至極まっとうな教育者に見える。先生は私にとって、三田村先生以来の、二人目の男の担任だった。

「お疲れさま。本当におまえたち、もう卒業なんだな」

先生の唾を飲む音がして、しばらく沈黙が続く。その間、さすがに感極まって泣き出すような人はいなかったが、それでも些細な刺激で、涙の栓が簡単に開いてしまいそうな気配は常にあった。

「いいか。これから卒業していくみんなに、ひとつだけ言いたいことがある」

先生は人差し指を一本立てて、ひとつだけだ、と強調した。

「それはな、火星から見える夕焼けは、青いってことだ」

瞬時に、涙の栓が強固に閉じた。またお決まりの、ちんぷんかんぷんな話だ。どこからか、笑いを堪えるような声もする。だけど、先生は不満そうな顔をしていた。

「おいおい、おまえらもっと笑えよ。いつもみたいに、先生、意味がわからないです、って言われる準備をしてたんだから」

そうしてようやく、教室に笑いが満ちる。先生はいつも、昨日テレビや本で仕入れてきたような小難しい話を、唐突に語ることがあった。そして毎度、「ま、先生もよくわからないんだが」と言い、それから国語の授業を始めるのだ。

だけど、私はそんな先生の言葉に、だいぶ安心していた。感動的な卒業式の日を演出してくれなくても、いつもどおりでいいのだ、と思えること。それ自体が、とても特別である気がした。

「ま、とにかくこういう門出の日であっても、先生は相変わらずこんな調子だ。だから他クラスの先生みたいに感動的なスピーチは諦めて、手紙を書いてきた。もちろん、一人ひとりにだ」

そう言って、先生は名前の順番どおりに、生徒を呼んだ。呼ばれた生徒は、ホッチキスで閉じられた三角くじみたいなものを渡され、席に着く。全員が手にするまで見るんじゃないぞ、と忠告されていたから、まるで成績表を受け取るときのように教室の空気が張り詰めていた。

「宮崎百合香」

「はい」

返事をして教卓の前に立つ。目が合うと、先生が笑顔になる。「卒業おめでとう。おまえはすごかった」と握手を求められ、例の三角くじを渡された。私は「こちらこそ、ありがとうございました」と丁寧にお辞儀をして、席に戻る。よくよく考えると、なにをすごいと褒められたのかわからなかったけど、悪い気はしないし、これは先生なりの調子のいい激励なのだろうと考えた。たぶんみんなにも言っていることだ。

クラス全員に行き渡ると、いよいよ三角くじを開けるときが来た。

ホッチキスの針をつまんで、ぐいと引き抜く。そっと紙を四角形に広げると、そこには漢字がたった一文字だけ書いてあった。筆ペンでど真ん中に、「豊」とある。

「先生、これどういう意味だよ」と、早速クラスのお調子者が立ち上がった。「俺のやつ、『笑』って、それしか書いてないんだけど」

困惑気味の生徒に、先生は「みんなに漢字をひとつだけ贈ったんだ。先生はなにも説明はしない。それぞれに自由に解釈してほしい」と答えたが、周りからしてみれば、「笑」

はこれ以上にない的確な一文字に思えた。なんといっても、彼はトイレットペーパーがなくて授業に間に合わなかった、というとんでもない逸話もあるくらいなのだから。

だけど、私の「豊」という一文字はどうもピンと来ない。表情が豊かだ、と賞賛されたこともなければ、表現力が豊かだ、と評価されたこともない。知識が豊富というのも、どうも違うし、なんだか腑に落ちない一文字だ。

「よーし、これで先生から教えることはなにもなくなった。すべて出し切った。いままで教えたことを忘れずに、今後の人生に生かしていってくれ」

はい、と答えながらも、具体的に先生から教わったことはいまいち思い出せなかった。とにかく先生はいつになく充実した表情をしていた。もしかしたら心の奥で寂しがっていることを悟られないようにと、我慢しているのかもしれない。

号令をかけ、全員を起立させると、先生は大声で叫んだ。熱のこもった、締めの挨拶だった。

「みんな、ありがとう。元気でな。そして卒業おめでとう。本当に、おめでとう」

「もしかしたらさ、私の『心の豊かさ』を、七里先生は見抜いてくれたのかな。いや、自覚はないんだけど、ただおばあちゃんには言われたことがあって。あんたは心の豊かな優しい子だよ、ってさ。だけどみんなと手紙を見せ合ったとき、どれもびっくりするくらい納得のいく一文字に思えたから、なんだかしっくりこなくて」

ちとせと廊下で落ち合うなり、私は担任の先生からの粋《いき》な計らいについて話した。ちとせは、うんうんと肯き、へえと感心したかと思うと、そうかなと笑った。

「百合香ちゃん。先生はクラスのお調子者に『笑』って字を贈ったんでしょ。それに百合香ちゃんに『おまえはすごかった』とも言った。それって複雑な意味を持たずに、やっぱりそのままの意味なんじゃないのかな」

「え、どういうこと?」

ちとせは眼鏡をくいと持ち上げると、ブラジャーの肩ひもが見えていることを伝えようとするみたいに、急にもじもじとし始めた。

「なんていうか、その、とても言いづらいんだけど……つまり、それは外見的な特徴というか」

「外見的な……ああ」それだけで十分だった。カーディガンの首元をつかんで、胸元を覗き込む。「はいはいわかった、そういうことね。もういいや。ホント、呆れるほど素晴らしい担任を持ったものだよ」

それって、ただのセクハラじゃないか、と憤りつつ、あの先生ならそんな冗談を言いかねないよな、とも思った。私は脳内から『豊』の字を抹消する。外見のせいで、今後も似たようなことが起こるかもしれないと思うと、それだけでため息が出た。

だけど、今日くらい大目に見てもいいかもしれない。だって卒業式だ。今日で、なにもかも「最後」なのだから。

「あ、そうそう」私はついでに訊いてみることにした。これからそれぞれ部活ごとに集まり、記念撮影をしたり、ささやかな打ち上げをしたりする予定だから、ちとせとは一緒に帰れるかどうかわからない。

「別の人なんだけどさ、その人『澤』って文字を貰ってたんだよ。難しいほうの。でも、その人の名前には『澤』って文字は入ってないし、だいたい『澤』だけで、なにか特別なメッセージになるのかな」

軽い気持ちで訊いたつもりが、ちとせは興味深そうに顔を向けてきた。目の色がすっと変わって、「それって」と声が低くなる。

「それって、だれのことなの？」

そう質問されて、私はいつになく戸惑った。こうなることは予測できたはずなのに、用意が足りなかった。額に汗が滲む。

言い訳すれば、私はわざと覗いたわけでなく、偶然に見てしまっただけなのだ。うしろの席に座る男子の机に、無防備に置かれていた先生からの手紙を。

「えっと、柳井って男子なんだけど。ほら、弓道部の」

「ああ、柳井くんね。うん、わかるよ。去年同じクラスだったから」

「そういえば、そうだったね。うん、そいつの手紙」

「柳井くんか」ちとせは視線を斜めに上げた。一見なにかを考えているようだけど、こういうときは単純にその人物を思い浮かべているときだ。結論を導くとき、ちとせは難しい計算なんかしない。いつも直感で「わかってしまう」からだ。

私はこれ以上詮索されないようにと、話を逸らそうと試みた。まさかこのあと、彼に告白をするという一世一代の大イベントが控えているなんて、知られたら恥ずかしすぎて、顔から火を噴くどころか瞬時に灰になりそうだ。

「いや、深い意味はないんだけどね。ただだれかと間違えたにしても、うちのクラスには『澤』なんてつく人がいないからさ、なんか気になっちゃって。彼、進学せずに就職するみたいでさ、それとなんか関係があるのかな。でも格好つけたがりの七里先生のことだから、自分でも意味がわかってない、なんてこともありそうだけど。あ、そういや七里先生って演劇部の顧問だったっけ？」

そのとき、ちとせがはっとした顔をして、私から目を背けた。

「あ、うん。そうだよ」

見れば、指が眼鏡のつるに触れている。逸らすどころか、どうやら知らず知らずヒントを与えてしまったようだ。

「ひょっとして、わかったの？」

ひょっとして、なんて言ったものの、それは確信だった。ちとせは絶対にわかっているはずだ。柳井の貰った『澤』がどういう意味であるのかを。

ところがちとせの返事を聞いた私は、驚きのあまり咳込んだ。だって、予想とはまったく違う答えが返ってきたからだ。

「ううん、ちょっとわからないかな」

ちとせは俯きながら、右の頬を掻いていた。

3

記憶によると、ちとせが第二ボタンを貰いに行ったのは、そのすぐあとのことだった。

「じゃあ、そろそろ演劇部のほうに行くね」と体育館に向かったちとせが、なぜか私が待ち伏せていた正門の前に現れたのだ。しかも、あろうことか柳井拾希と一緒に。

いまにして思えば、あの『澤』の字の話をしたことがきっかけだったのかもしれない。私がこれから、柳井に告白して第二ボタンを貰いに行こうとしていることに感づいたちとせが、それをさせまいと慌てて先回りしたのだとしたら。

考えたくないけれど、そうならばちとせの奇妙な行動には説明がつく。本当に、考えたくはないことだけれど。

そろそろ木嶋の作業が終わりそうだった。ちとせがそれを見越して、みんなで休憩しようと、温かい中国茶を用意しに一階へと下りていった。

私は後半、猛烈に働きすぎたのと考えすぎたせいで、かなり疲れていた。この部屋には押入れやクローゼットがないから仕方ないとはいえ、床に散乱していた服の量が尋常じゃなかった。こんなに収納スペースがないなんて、私なら設計の段階できちんと文句を言うはずだ。

ようやくすべての服を詰め終え、段ボールの蓋を閉じた。側面にマジックペンで「冬物洋服」とメモをする。視線をずらすと、気になるものが目に入った。

これが、最後のチャンスかもしれない。

本棚以外にも、まだ調べていない場所があった。ローテーブルの中の、小さな箱だ。

いまやベッドはマットレスを剝がされ、脚も外された。机もコンパクトに解体されたし、タンスだって引き出しが飛び出さないよう、布をかぶせて紐で固定されている。

そんな中、まだローテーブルにだれも手をつけていないことには理由があった。大層な理由じゃない。脚を畳むだけなので片付けが容易であるからと、休憩時に飲み物を置ける場所を確保しておきたいからという、その二点だ。

だからガラス板の向こうには、いまも秘密めいた小箱が収まっている。無機質になりつつある部屋の中で、もはや演劇の小道具にしか見えないような水色の手製の箱は、木嶋が女の子の部屋にいるということよりも、とても浮いてしまっている。

「そうだ。私、すぐに休憩できる準備しておかないと」

わざとらしく宣言して、私は意味もなくクッションの位置を整えた。木嶋が背中を丸めて作業しているそのうしろで、堂々とローテーブルに近づく。

置きっぱなしだった布巾を手に取って、今度は心の中で、ガラス板も拭いておかなきゃ、と自分を説得する。爪を引っ掛けてガラス板を持ち上げ、念入りに裏側も拭いておいた。

ちらりと小箱が目に入ると、心臓を引きちぎりたいくらいにもどかしくなった。このまま、真実を知らないままにちとせと別れるのは、はっきり言って耐えられそうにない。ちとせと柳井の間には、なにかがあるのだ。いま行動しなければ、絶対に後悔が待っている。ちだけどちとせは言っていた。この中には、人から借りたものや預かったものを入れているのだ、と。それが事実なら、第二ボタンを借りる人や預かる人なんているはずがないのだから、もっと別のものが入っているはずだ。それどころか、なにも入っていなくて空振りという可能性だってある。

私は小箱を持ち上げた。スポンジみたいにとても軽い。やっぱり、なにも入っていないのだ。水色の剝がれかけた色紙をそっと指で撫で、決意を固める。

大丈夫。ちとせは私を信頼して引越しの手伝いに呼んだのだ。いままでひどい点数のテストや着古したよれよれのパジャマだって見てきたのだから、いまさら見られたくないものがあるはずもない。秘密の日記じゃあるまいし、私がちょっと警戒しすぎなくらいだ。

思い切って蓋を開けた。箱の底に袋が沈んでいる。消しゴムほどの大きさで、透明だった。

ふと目を上げると、木嶋が訝しげにこちらを見ていた。指を動かし、軍手を外している。もしかしたら叱られるのだろうか。

でもそれどころじゃない。それどころじゃないのに、思考をどこかに追いやることができなかった。体中から血の気が引いて、ふらっと倒れてしまいそうになる。

ボタンだ。袋の中に、ボタンが入っていたのだ。

それは大きさ、形状、色。間違いなく、中学の学ランについていた、あのボタンだった。

知らない間に、木嶋が無言でテーブルにガラス板を嵌めなおしている。私は小箱を手にしたまま、硬直していた。

他のことを考えようと思っても、目や耳から入った情報が頭で理解されず、高速に回るタービンのようなものに巻き込まれて、かき消されてしまう。焦るばかりで、思考がまったく制御できない。

だから、ちとせが戻ってきたことに気付くのも遅かった。中国茶の香ばしい匂いがして、やっと頭に血が巡りだす。お盆に透明な急須と、マグカップを載せたちとせは、すでに部屋に二、三歩足を踏み入れていた。

桃色、肌色、空色。

眼鏡と顔とジャージが、色で分解されるくらい、じわじわと視界がぼやけてきていた。ショックのせいで、きっとこのまま意識が遠のいてしまうのだと思っていたら、目をこすると、涙のせいで景色が滲んでいるだけだった。

「お待たせ」

木嶋が受け取り、テーブルにお盆が載る。私もありがとう、だとか、やったあ、だとか反応すればいいのに、なんにも言葉が出てこない。

私は手にしたままの小箱に目を落とした。大切なものを扱うように、ボタンは丁重にしまってある。これを見なかったことにできるほど、私の心は強くない。

「……これってさ、まさか柳井のじゃないよね?」

私は「信頼」の服に着替えて、祈るようにちとせの顔を見つめた。

だけど、こんな付け焼刃の祈りなんて通じるわけがなかった。ちとせは私の持っている小箱を認めると、あからさまにぎくりとした。私がなにを考えているのかを、必死に探ろうとしている。

「うん……それは柳井くんのだけど、でも」

「やっぱり」私は失望した。裏切られたと思った。ちとせの目を見つめながら、どうして、どうしてと心の中で繰り返す。「私たちってさ、いままで浮いた話のひとつもしてこなかったよね。それでもちとせなら知ってるだろうとは感づいてたよ。私が柳井のことをどう思ってるか。なのに、私は安心しきっていて、少しも想像してなかった。まさか、ちとせまでおんなじ気持ちだったなんて」

「やめてよ、どうしたの百合香ちゃん?」

本心なのか演技なのか、落ち着いた素振りでちとせがジャージのポケットからハンカチを取り出そうとする。私は声を上げて、乱暴に制した。

「やめてほしいのはこっちだよ。私見てたんだから。卒業式の日、ちとせが柳井から第二ボタンを貰うところ」

ちとせは手を引っ込めて、怯えた小動物のように萎縮した。だけど、それは誤解だと言わんばかりに首を振っている。

「私、柳井くんから第二ボタンなんて貰ってないよ」

「いまさらそんなウソ聞きたくないよ。私、見てたんだから。だって、これ」

私は「本棚」とメモを残した段ボール箱を開けて、卒業アルバムを引っ張り出した。卒業証書を持って、校門の前で仲間たちと膝を曲げて飛び跳ねている、柳井の写真を見せつける。

「柳井の学ラン、第二ボタンがないじゃん」

ちとせは卒業アルバムを受け取ると、眼鏡を押し上げ、じっくりと覗き込んだ。

愚かな行為だと自覚していた。いまさら中学の話を持ち出して、しかもちとせを攻撃しているなんて。それでも、昂ぶった感情は言うことを聞いてくれない。

「百合香ちゃん、よく見てよ。柳井くん、ちゃんと第二ボタンついてるじゃない」

ちとせは困ったように微笑んでいた。テーブルにアルバムを置き、柳井の学ランを指差す。でも、私は見なかった。裸の王様をおだてるみたいに、この期に及んで私を誤魔化すつもりなのだろうか。逆立ちして見たって、柳井の学ランにボタンがついていないことは変わらないのに。

私がじっと睨みつけると、ちとせは慌てたように補足した。

「ほら、第二ボタンの穴から、うっすらと金色が見えるでしょ。生地も少し盛り上がってるし。これ、裏側にボタンが隠れてるんだよ。つまり、ボタンを留め忘れてるってこと」

「留め忘れる?」言われてみれば、そんな気もする。でも、もしそうだとしても、それ自体は重要じゃない。

「説明して。じゃあ、このボタンはなんなの?　ちとせはさっき、柳井のだってはっきりと認めたよ。木嶋も聞いてたでしょ」

ねえ、と私が強く迫ると、木嶋は興味なげに肯いた。僕を巻き込まないでくれと、まるで酔っ払いにしつこく絡まれたみたいにうんざりしている。私は構わず、ほら、と再びちとせに視線を戻した。

「木嶋だって認めてるじゃん」

「百合香ちゃん、中学二年生のときの芸術発表会って覚えてる?」

「そりゃ覚えてるけど、いきなりなに?　話を脱線させるつもりなの?」

「そうじゃないよ、ボタンの話。私たちのクラス、そのとき世界中の男女が逆転するっていう劇をやることになって、女子はみんなで男装したでしょ。そのとき、私が制服を借りた相手がたまたま柳井くんだったの。終わってからクリーニングに出して返したんだけど、そのとき胸ポケットから予備のボタンを抜き取ったことを忘れてて。だから、柳井くんが作った小道具と一緒に返そうと思ってて、ずっとそこにしまってたの」

「そんなの全然説明になってない。だって私は見たんだよ。なんで卒業式の日、ちとせが柳井と一緒にいたの？　どうしてそのことを私に黙ってたの？」

しばらく、デッキーの首を振る音が響いた。ちとせは俯き、木嶋は頭を掻き、私はテーブルの下で拳を握っていた。

「それは私なりに考えて、あのときは黙っていたほうがいいと思ったから」

やがて口を開いたちとせの瞳は、まっすぐに私を捉えていた。その表情を、私はいままで何度だって目にしてきたはずだ。やましい気持ちなどなく、純粋に私のことを思って行動してくれたときの、真剣で優しい親友の表情。

「ごめんね。私、百合香ちゃんが柳井くんを好きなこと、前からわかってたんだ。本当なら協力してあげたかったんだけどね、でもできなかったの。こんなに辛いことってないよ。だって、小夜ちゃんも柳井くんのことが好きなんだって、わかっちゃってたから」

「え」理解が追いつかない。「ちょっと待ってよ。ちとせじゃなくて、小夜が？」

訊くと、ちとせはちゃんと説明してくれた。

「私が小夜ちゃんと空港で言い合いをしたときのこと、覚えてるでしょ。ペットを飼う人のモラルについての話。そのとき百合香ちゃんは、飼えないって意思表示をしただけで、別に恨まれるようなことはしてなかった。むしろ嚙み付いたのは私だったんだから、私が嫌われるならわかるよ。だから、小夜ちゃんがどうして百合香ちゃんにああいう態度をとるのか、ずっと不思議だったの。でもね、原因は空港の件じゃなかったんだ。教室に遊びに来たとき、百合香ちゃんがちらちらと柳井くんのことを見ているのを小夜ちゃんが気にしてたね、それに気付いたとき、私、二人の気持ちがわかったんだ。小夜ちゃん、きっと百合香ちゃんが恋のライバルだと思ったんだよ。だから次第に遠ざけるようになったんだと思う」

「ウソでしょ。なんでそんなことで……」

「私もそう思うよ。そんなの、少女マンガでわざと話を盛り上げるための作り物だと思ってたんだから。それも解決しないままに小夜ちゃんが突然学校をやめちゃったとき、すごいショックだった。手を伸ばせば夢に届く距離にいた小夜ちゃんが、簡単に演劇部を離れて、しかも今後のオーディションを受けることもやめたらしいって聞いて、涙が止まらなかったよ。あれだけ実力あるのに諦めちゃったのは、よっぽどの壁にぶちあたったんだって。それなら私が夢を抱くなんて意味ないのかなって。それから引退まで、私は稽古に身が入らなくて、高校に入っても演劇は続けられなかったんだ。私にとって、小夜ちゃんの影響ってそれくらい大きかったから」

ちとせはこみ上げるものを堪えるように、上を向いて深呼吸をした。

「自分でもそういうところが弱いと思ってる。強い意志を持って始めたつもりが、人に流されて私も諦めちゃうなんて。私にとって、百合香ちゃんと小夜ちゃんは恩人なんだ。百合香ちゃんは私に笑顔をくれて、小夜ちゃんは希望をくれたの。だけど私、せっかく貰ったものを手放しそうだよ。大学にも行かずに社会人になんて、なりたくなかったのに」

「あの、ちとせ……？」

いつになくちとせが感情的に話をするので、私は驚いて止めに入った。ちとせといると、いつもこうだ。いつのまにか立場が逆転して、たとえば引越し作業を促すのが、私の役目になっていたりする。

「あ、ごめん。そんなことより、小夜ちゃんのことだったね」ちとせはティッシュで眼鏡を拭くと、もう一度話を始めた。目が、少しだけ赤みを帯びている。

「あのとき小夜ちゃんが学校に来なくなった理由を、唯一、顧問の七里先生は聞いていたみたいなの」

「来なくなった理由……それって、私のせいじゃないの？」

「そんなわけないでしょ」ちとせは毅然とした態度で言った。なにをバカな、とでも言いたげな顔だった。

その言葉がありがたくて、私は顔を上げるのが辛くなった。嘘でも気休めでもいいから、こうしてだれかに、ずっと自分を捕らえていた鎖を外してほしかったのだと思う。

ふと、どうして私は、ちとせを悪者みたいに扱っているのだろうと思った。親友であるのなら、感情的にならずに、もっと素直に耳を傾けるべきなのに。

「卒業式の日、百合香ちゃんが教えてくれたでしょ。柳井くんが貰った漢字がなんだったのかを。あれを聞いたとき、すべてが線で繋がったの」

「うん」

「七里先生ってさ、一見意味のないようなことを口走る人なんだけど、あとで考えてみると、意外と鋭いところを突いてたりするんだよ。たとえば演劇の稽古中、みんなで感情を表現するってどういうことだろうって悩んでいたときに、唐突に『新聞で知ったんだが、鳥には紫外線が見えるんだ。そのせいで、人には黄色く見えるヒマワリが、どうも黄色く見えないらしい』とか言うんだよ。つまりね、人によって見えてるものは違う、っていうことを伝えたかったんだと思う。演劇はたくさんの観客に対して、同時に自分の表現を届けなくちゃいけないから、そのことを理解して舞台に立つのはとても必要なことだったの」

　卒業式の日、先生が話していた火星の話も、要するに同じことなのだろう。さまざまな世界へ向かって学び舎を巣立っていく生徒たちに、そのことは覚えておいてくれという、先生なりの不器用なメッセージだったのだ。

　ちとせの話は続いた。

「だから七里先生が用意した漢字にも、きちんと意味があるはずだよ」

　ちとせは砂浜に文字を書くみたいに、ガラスの上に指を滑らせた。ちとせがなにを書いているのか、私には文字を読まなくてもわかった。

「覚えてる？　柳井くんの貰った『澤』って文字。それだけだとちっとも意味がわからないけど、一つずつのパーツに分解してみたの。さんずいは『三』、他は『四』と『幸』という具合に。並べると」

「さん、よん、しあわせ？」

「そう。これって、先生の考えたダジャレなんだよ。『小夜を幸せに』って」

　私は卒業アルバムを見た。少年ぽさの残る柳井の顔が急に大人びて見えた理由。それがもう少しで繋がるような予感がした。

「卒業式の日に、柳井くんに小夜ちゃんのことを訊きに行ったの。柳井くんびっくりしてた。なんで知ってるの、って。だけど、ちゃんと教えてくれたよ」

ちとせは当時の情景を抽出するみたいに、アルバムを捲りながら喋った。

「柳井くんはね、高校に行かずに働いて、両親の協力を得ながら子どもを育てて、十八歳を迎えたらすぐ小夜ちゃんと結婚するつもりだったんだって。小夜ちゃんのお腹にはもう子どもがいてね、そのせいで小夜ちゃんは学校に来られなくなっちゃったんだけど、それでも二人できちんと話し合って決めたことみたい。だからこれから一家の大黒柱としてしっかり稼がなくちゃいけないんだ、って笑顔で言ってた」

それが、高校や専門学校へ進む人ばかりの中、柳井が敢えて就職した理由なのだ。私が未成熟な子どもでいるあいだに、二人は立派に大人になる覚悟を決めていたのだ。つまり私が好意を伝えようと奮闘していたとき、すでに失恋していたどころか、まさか、新たな人生をスタートさせていただなんて。

「でも、百合香ちゃんには申し訳ないって言ってたよ」

「私に?」

「うん。もしかしたら自分のせいで、二人が不仲になってしまったんじゃないかって。それだけは心残りだって」

突然、目が眩《くら》んだ。光だった。ホームに電車が進入してきたときの、あの眩しさが思い起こされる。

心残り。

その言葉で、やっと合点がいった。電車に乗って去っていく私に向かって、柳井が深くお辞儀をしていたのは、小夜と私が仲違いしてしまったことを面と向かって謝ることのできない、彼なりの謝罪だったのだ。

だからちとせは、私に無理やりツバメの巣の話なんかしたのだ。あれが謝罪だったとわかってしまった途端、私が小夜と柳井の関係を知ることになるかもしれない。ちとせはいままでずっと巧妙に、小夜のことを隠してきたのだ。私が知ってしまえば、相当なショックを受けるだろうと思って。

だけど、すべてを知った私は思いのほかショックを受けていなかった。私を乗せたまま迷走していた電車は、音もなく、静かに止まっていた。いいかげん、この辺りで降りるべきだと、私も思った。

えっふん、とわざとらしい咳払いが聞こえる。木嶋が唇を突き出しながら、この話はいつまで続くのだ、と言いたげな目をしている。今度こそ本当に不機嫌そうだ。

おかげで、あることを思い出した。

「じゃあさ、二人していったい私になにを隠してるの？　まさか、この小箱のことじゃないんでしょ。ねえ、木嶋」

「宮崎さんのプライベートに、僕が干渉するはずない」

木嶋は不服そうに、目を逸らした。

「じゃあ教えてよ。なにを隠してるの？」

すると、ちとせが腰を持ち上げた。

「ごめん百合香ちゃん。隠すつもりなんてなかったんだけど」

ちとせは大股で空っぽの本棚に近寄った。右側に立ち、おもむろに本棚に両手を添える。まるで木の幹に耳を当てて呼吸を探ろうとする植物医師のように、ゆっくりと顔を近づけたかと思うと、力を込めて押した。

「ちょっと危ないよ！」

倒れる、と思った私は駆け寄ったが、とんだ取り越し苦労だった。

本棚には見えないところにキャスターが付いていた。まるで巨人用の窓でも開けるみたいに、大きな本棚を左側にスライドさせる。すると徐々に、背後から白いドアのようなものが現れた。周囲の壁と明らかに材質が違う。クローゼットだ。

私は開いた口が塞がらなかった。可動できるように、もともと本棚はスカスカにしてあったのだ。棚のうしろに扉が隠してあるなんて、これはまさに、ちとせが青い蛍光ペンで

「じゆうちょう」に描いていた、デッキーの家の構造とまるっきり一緒じゃないか。

4

「なんなのこれ?」

クローゼットが開いても、私はますます混乱するばかりで、状況を把握できなかった。中にはケージがふたつ置かれていて、それぞれにネズミが一匹ずつ入っている。どちらも寝ていたが、どうやら物音で起こしてしまったようで、千鳥足で巣箱から這い出してきた。

「モルモットだよ」ちとせは我が子を見るような穏やかな目をして言った。「こっちの茶色のほうがミドリで、クリーム色のほうがマーチ」

「いや、モルモットだってことくらいわかるよ。でも、どうして」

そう言いながらも、私にはなんとなく心当たりがあった。

「うん、二匹とも小夜ちゃんから譲り受けたものなの。ほら、あのときセレナちゃんが産んだって言ってたでしょ。飼ったばかりのときは小指くらいの子どもだったけど、いまではすっかりお年寄りになっちゃって」

「だけど、ちとせの家は動物飼えないはずじゃ……」ちとせは空港で、たしか母親が犬に噛まれたことがあるせいでペットは飼えない、と言っていた。

「だからこうして見つからないように、本棚の裏に隠して飼ってきたの」ちとせはごめん、と両手を合わせた。「本当に百合香ちゃんに隠すつもりはなかったんだけど、お母さんがいつ部屋に入ってくるかわからなかったから、なるべく言わないようにしてたんだ」

ミドリは水飲み用のボトルに前足を添えて、鼻をひくひくと動かしながら水を飲み、マーチは起き抜けにもかかわらず、運動が足りないのか元気に車輪を回し始めた。カラカラカラカラと、どこかで聞いた音がする。

食事の前、換気扇の音だと思い込んでいたのは、これだったのだ。モルモットは夜行性だと聞いたことがある。CDも、私たちを鼓舞するためではなく、母親にモルモットの存在を悟られないように、わざと流していたのだろう。

やっぱり、ちとせは小夜のことを放っておけなかったのだ。

「じゃあだれにも言わず、ずっと一人で飼ってたの？」

「もちろん無理なんかしてないよ。私、百合香ちゃんのおかげで、ずっとモルモットが好きだったから、嬉しかったんだ」

「私のおかげ？」

ちとせはにこやかに首肯した。

「そうだよ。百合香ちゃんがデッキーの鉛筆を貸してくれたから」

水の底に沈めた写真のように、記憶の中でうっすらとしか見えなかったものが急に水面にぷかりと浮かんで、いまはっきりと思い出せた。

私は鞄から、ちとせに返してもらったばかりのちびた鉛筆を取り出した。慌てて銀色のキャップを外すと、金色の文字で「みや」と書いてある。親に買ってもらった名前入りの鉛筆を、私は恥ずかしがってあまり使いたがらなかった。描かれていたデッキーは、顔の半分まで削れてしまっていたけど、丸みを帯びた茶色い耳だけは残っている。壁に掛けられた首振り時計。私たちが使っているデッキー形のクッション。茶色くてふっくらとした胴体は、デッキーマウスがモルモットをモデルにして作られたキャラクターだということの表れだった。

「ちとせってバカだね」

純粋で鈍感。これでうまく隠し通してきたつもりなのだろうか。だれだって四年もペットを飼い続けていたら、こっそり飼っていたとしても、家族が気付かないはずがないのに。

——あの子は自分が食べるより、食べるところを見るほうが好きみたいだから。

ちとせのお母さんは知っていたのだ。きっと部屋を覗いたとき、モルモットに餌を与えているちとせを見ていて。

「それでね。木嶋くんには、モルモットを引き取ってもらうつもりで呼んだんだ。他に頼めそうな人がいなかったから」

隣で木嶋がぼさぼさの頭を掻く。わかりにくいが、照れているのだと思う。わざわざ私がチャンスを作らずとも、自分でしっかり闘っているじゃん、と。

「ああ、そういうことね」と、私はからかうような視線を木嶋に向けた。

そのとき、どたどたと数人が階段を上ってくる音が聞こえ、私は何事かと息を呑んだ。

窓から外を覗いた木嶋が「もうトラックが停まってる」と報告するなり、ちとせが慌ててクローゼットを閉め、本棚を動かし始めた。手伝おうとしたが、どうしたって間に合わない。

「あら、どうしたの?」

私は咄嗟に両腕を広げて、扉の前に立っていた。

「いや、ちょっと廊下の空気でも吸おうかと」

ちとせのお母さんは怪訝な顔をして首を伸ばしたが、そのときにはもう本棚は元の位置に戻っていた。

「準備、なんとか間に合ったみたいね。いまちょうど引越し屋さんが到着したところだったから」

見れば、ちとせのお母さんのうしろに、作業着を身に纏った初老の男性が立っている。私は苦笑いをした。よくよく考えたら、ただ恥をかいただけだった。だってちとせのお母さんはモルモットの存在を知っているのだから。

あとはよろしくお願いしますね、と言ってちとせのお母さんが去ると、引越し屋さんはよろしくお願いします、と帽子を取った。

「本日、新巻さんを担当させていただく石川です。それから……おい、まずはお客さんに挨拶だろ」

あ、すみません、と声がして、背後からもう一人別の男の人が現れた。帽子を脱いで、お辞儀をする。

「本日の引越しを担当させていただきます、柳井と申します。よろしくお願いします」

彼が顔を上げた瞬間、私は心臓が止まったような気がした。

5

プロの業者によるてきぱきとした仕事は、素人の私たちとは正確さも速さも、比べてみれば雲泥の差だった。

壁に傷がつかないよう、搬出通路に青いマットを貼り付ける作業が終わると、すぐに荷物が運び出された。バケツリレーの要領で、ちとせと私は木嶋に段ボールを渡していき、引越し屋さんの仕事がはかどるよう、木嶋が裏口の階段のそばまで運んでいった。次第に私の手伝うことは減っていき、後半はほとんど座ったまま冷めた中国茶を啜っているだけで済んだ。

柳井は私たち三人の顔を認めると、明らかにびっくりした様子だった。どうやら本日担当する中華料理店の新巻が、同級生の新巻ちとせとは結びついていなかったようだ。

しかし仕事中だということを考慮して、示し合わせたわけではないのに、その場で私たちが旧交を温めるような真似はしなかった。突然噂の人物が現れ、私も叫び出しそうだったけど、木嶋みたいに、意識的にずっと無言で通していた。

柳井は目を疑うほど体付きがすっかりたくましくなって、色も黒くなっていた。昔のままの木嶋と違って、苗字を聞かなければ、もしかしたらあの柳井拾希だとわからなかったかもしれない。

絶えず首を振り続けていたデッキーの時計まで外され、いよいよ部屋の中が空っぽになると、窓の外もすっかり眩しくなって、終わりが来たことを肌で実感した。

偶然は唐突だ。本当は彼にいろんなことを訊きたかった。訊きたいことが多すぎて、なにを訊けばいいのかわからないくらいだった。なにも知らなければ劇的な運命の再会だった、なんてことも、いまの私は考えない。ただ、本当に彼はいい顔をしているなと思った。

結局、私が最後まで部屋に残っていた。電気を消し、『千歳一遇』のほうではなく、裏口から直接外に出る。養生を外している石川さんのうしろを、すみません、と小さな声で通り過ぎた。

錆びた階段を下りていると、二台並んでいるトラックのうしろで、ハザードランプに照らされているちとせがこちらを見上げていた。別れを惜しむように、この家をじっくりと眺めているのかもしれない。

ゆっくりと近づき、横から声をかける。昼に向かって活発になっていく空の下で、ちとせの顔には光が差しているのにどこか不安の影が落ちていた。

「もうそろそろ、お別れだね」

私がそう言うと、ちとせは「ありがとう」と微笑んだ。

「百合香ちゃん、本当にありがとうね。私、百合香ちゃんにはいっぱい謝らなきゃいけない気がするよ」

「どうして。そんなことないよ」

否定しても、ちとせは頑なに首を振った。

「だって私、ひどいウソついちゃったから。私、百合香ちゃんに、心がきれいだねって言われるたびに嬉しかったの。純粋だねって。だからそうなるように努力しようとも思った。だけど、実際は全然そうじゃないの。きっと大人になるのが怖いんだよ。いまでも、どうしたらこのトラックに乗らずに逃げ出せるのかな、なんていけないこと考えてる」

「甘えるな！」

私は怒鳴った。いきなりだったせいか、ちとせがびくっと身を縮めている。私だって、かつて小学校の音楽室でちとせを注意したときみたいな声が出て、自分でもびっくりした。でも、私も人のことは言えない。これは単なるはったりだ。私たちは鏡に映したみたいに、よく似ている。将来を怖れているし、できるだけ純粋になろうと努力している。

「ちとせ、もっと自信を持ちなよ。人の心ってさ、絵の具みたいなものだから、成長していくうちにたくさんの経験をして、少しずついろんな色がパレットに混ざっていくでしょ。でもね、混ざれば混ざるほど、絵の具だから色が暗くなるんだよ。明るく保つためには、家の中にこもって、なにもせずにぼーっとしてればいいんだろうけど、人間そんなわけにもいかない。だからだれだって色が濁っていくけど、それが成長するってことだよ。きっと、受け入れるしかないんだ」

「そうじゃないよ」

首を向けると、リュックサックを背負った木嶋が立っていた。買い物帰りの主婦みたいにケージを両手に一つずつ持って、やっぱり不満げに唇を突き出している。

「心はキラキラ100%だから」

「なにそれ、どういうこと?」

なにをとんちんかんなことを言っているのだ、と首を捻っていると、木嶋は爬虫類のような目で私を見つめてきた。咎めるようでもあり、なにかを私に託しているようでもあった。

「心は絵の具なんかじゃない。光なんだ。キラキラ輝いていて、眩しいものだ。だから色が混ざれば混ざるほど、絵の具と違って、もっともっと明るくなる」

光。

その言葉は、すんなりと私の中に溶けていった。怖れや不安が、ゆっくりと形を変えていく。

木嶋の言うとおり、心は光り輝いているものかもしれない。悩んだり、楽しんだり、悲しんだり、苦しんだり、喜んだり。そうやって多くの経験をしていくことで、心は初めて成長し、大人に近づいていく。私たちはまだ、触れたら破けてしまいそうなほど未熟で、だからこそ未来がある。

「あの、そろそろ出発しますよ」

石川さんが申し訳なさそうに伝えてきた。

ちとせは手で顔を覆ったまま、「ありがとう」とだけ言って、前の席に乗り込んだ。

遅れてエプロンを巻いたままのちとせのお母さんと、中華料理店なのに鉢巻きをしたお父さんが店から杖をついて出てきた。身体が弱っているのか、頬がこけている。トラックに乗ったちとせと、窓越しに「電話を寄越しなさい」だとか、「仕事頑張れよ」などとあれこれ会話し、最後にじゃあね、と手を振った。出発したら、新居には夕方までに着くそうだ。

木嶋は私のことをまだ見つめていた。下唇を悔しそうに噛み、その目はじっとなにかを訴えているみたいだった。

その表情を見て、私はようやくその意味を汲み取った。木嶋にはできないことなのだ。笑顔も希望も失いそうな親友を勇気づけるのは、親友である私にしかできない。小夜の代わりに希望を与えられるのは、いま私しかいないのだ。

エンジンが吹かされる。マフラーから白い煙が上がり、トラックが小刻みに振動した。

「ちとせ」

私はトラックに駆け寄った。助手席に座るちとせが顔を起こす。エンジン音に負けないように、私は声を張った。

「ごはんのときなにも言えなかったけど、私も間違ってた。夏休みって、やっぱり人生の縮図なんかじゃないよ。そんなものがすべてだと思ってきた私たちは、未熟で、いままで生きてきた世界があまりにも狭すぎたんだ。山積みの宿題を片付けることは、まだまだ全然終わりなんかじゃないよ」

そう、終わりなんかじゃない。

「だって夏休みが終わったらさ、二学期が始まるじゃない」

そのとき、ちとせの顔に落ちていた不安の影が、ふっと消え去ったように感じた。桃色が、闇を押し返して輝いた。ちとせが歯を見せて笑うところを、私はいつから見ていなかったのだろう。

「そっか、そうだよね。また新しい学期が始まるんだもんね」

私も人生で一番の、飛びっきりの笑顔で答えた。

「うん、そうだよ」

鞄の中で、またウーウーと携帯が震えたとき、ちょうどちとせを乗せたトラックが発進したところだった。十時。「そろそろ出発?」というメッセージが点滅していて、その見事な時間設定に自分でも驚く。

ちとせはもう、遠いところへ行ってしまったのだ。　ボタンを押すと、七色に光っていた明かりが、燃え尽きた花火みたいにすっと消える。

後方でばたん、と荷台の扉を閉める音がし、遅れて作業着を着た柳井が走ってきた。助手席に荷物を置こうとドアに手をかけたとき、ふと彼の薬指に光るものが見えた。

指輪。

それから柳井が運転席に回り込もうとしたところで、ばっちり目が合った。久しぶり、だとか、小夜は元気、だとか、言葉がメリーゴーラウンドのようにぐるぐる回って、結局なにも口から出てこない。

「それ、流行ってるの？」

意外にも柳井が、私の握り締めている携帯電話を指差していた。いつか見たときよりも、指が太くなっている。

「え？」

「その、千切れてるストラップのこと」

「いや、流行ってないけど」どうして再会の言葉もなく、いきなりそんなことを訊くのか。私は困惑していたけど、そのあとの一言で、なんだか胸の奥が温かくなった。

「なんだ。てっきり流行ってるのかと思った。だれかさんも同じようなやつつけてるからさ」

まるで独り言のように呟いて、柳井はトラックに乗り込んでしまった。先を行ってしまったトラックを追いかけるように、あっけなく、すぐに発進する。通りの角で、赤いブレーキランプが点灯し、柳井のトラックが左折すると、ＣＤが止まったように辺りは静かになった。

また、いつもどおりの一日がはじまる。

「……ねえあんた。これでよかったの？」私は肩越しに言った。「ちとせ、もう行っちゃったけど」

木嶋は爬虫類のような目つきで表情を変えないままだった。どういうことか説明しなくとも、不思議とこちらの意図を理解している。

「平気」木嶋の唇が、心なしか横に広がった。「平気だよ。僕も一緒に、二学期を始めるから」

明らかに私をからかうような口調に、思わず頬が緩む。私が言った未成年の主張のような恥ずかしい台詞を、木嶋はちゃっかり聞いていたのだ。

私は木嶋の持っていたケージをひとつ、強引に奪った。マーチのほうだ。木嶋は「あ」

あ、と声を発したけど、それ以上はなにも言わなかった。

「二匹は大変でしょ。私にも一匹育てさせてよ。大丈夫、親はちゃんと説得するから。でもちとせには内緒にしてね。私だって、四年間も内緒にされてたんだからさ」

木嶋は頭を掻いたあと、そのままの手で鼻の頭を掻いた。微笑ましいほど、幼い少年じみた行動だった。

「どうしようかな」

そっぽを向いた木嶋の顔に差した陽の光は、やけに眩しかった。

本作品は二〇一二年六月、小社より単行本刊行されました。

双葉文庫

こ-28-02

夏休《なつやす》みの拡大図《かくだいず》

2016年7月17日　第1刷発行

【著者】
小島達矢《こじまたつや》

【発行者】
稲垣潔
【発行所】
株式会社双葉社
〒162-8540 東京都新宿区東五軒町3番28号
［電話］03-5261-4818(営業)　03-5261-4831(編集)
www.futabasha.co.jp
(双葉社の書籍・コミックが買えます)
【印刷所】
大日本印刷株式会社
【製本所】
大日本印刷株式会社
【CTP】
株式会社ビーワークス

【表紙・扉絵】南伸坊
【フォーマット・デザイン】日下潤一
【フォーマットデジタル印字】恒和プロセス

落丁・乱丁の場合は送料双葉社負担でお取り替えいたします。
「製作部」宛にお送りください。
ただし、古書店で購入したものについてはお取り替えできません。
［電話］03-5261-4822(製作部)

定価はカバーに表示してあります。

ISBN978-4-575-51904-4 C0193
Printed in Japan

ベンハムの独楽《こま》

小島達矢

二十二歳で第五回新潮エンターテインメント大賞を受賞した衝撃のデビュー作。

双葉文庫

小説推理新人賞受賞作

隣人

永井するみ

ありふれた日常を狂わせるものは、嫉妬か憎悪か。予測のつかない結末六篇！

双葉文庫